100년 뒤 우리는
이 세상에 없어요

그러니까,
사소한 일에
목숨 걸지 마세요

100년 뒤 우리는
이 세상에 없어요

Don't Sweat the Small Stuff

리처드 칼슨 지음 | 우미정 옮김

그러니까,
사소한 일에
목숨 걸지 마세요

시간이 흘러도
남게 되는 것들

리처드 칼슨은 위대한 사람이었습니다. 그의 책은 수백만 독자들에게 깊은 영감을 주었고, 그들의 삶을 한층 높은 차원으로 끌어올렸습니다. 리처드는 실로 진정성과 창의성, 그리고 인류애를 지닌 사람이었습니다.

우리는 불안한 시대를 살고 있습니다. 쾌락이 교육보다 더 매력적이고, 성장보다 이익을 더 추구하는 시대 말입니다. '이타적인 삶'에는 셀카 찍기보다 관심이 덜 가고, 이 사회가 전반적으로 길을 잃어버린 듯 보입니다.

그렇기 때문에, 《100년 뒤 우리는 이 세상에 없어요》는 그 어느 때보다도 시의적절한 책입니다. 20년 전 처음 출간되었을 때 이 강력하고 작은 책은 경이로움 그 자체였습니다. 그리고 오늘날에도 여전히 경탄을 자아냅니다. 우리가 가장 멋진 모습으로 성장하기 위해, 또 아름다운 삶을 즐기기 위해 무엇이 필요한지를 간결하고도 탁월하게 전하기 때문입니다.

저는 리처드를 어느 큰 행사에서 처음 만났습니다. 그는 그 행사의 메인 초대 손님이었고, 개막 연설을 맡았던 저는 당시 소송 전문 변호사로서의 경력을 접고 개인의 발전과 인생을 배우는 영역에 막 발을 들여놓은 새내기에 불과했습니다. 진행자가 참석한 사람들끼리 서로 인사하는 시간을 주었지만, 둘 다 내성적이었던 우리는 행사가 모두 끝난 후에야 그런 어색한 자리가 주는 불편함과 혼자 있는 시간의 즐거움을 나누며 함께 웃었습니다. 이 첫 만남 이후 우리는 멋진 우정을 쌓아 갈 수 있었죠.

비록 사는 곳이 워낙 멀었기에 자주 만나지는 못했지만, 우리는 전화 통화와 이메일 교환을 통해 서로를 잘 이해하게 됐습니다. 저는 그가 유머러스하면서도 깊이가 있으며, 가족에 헌신하고 이 세상을 좀 더 나은 곳으로 만들기 위해 자신의 역할을 마다하지 않는 사람이라는 걸 깨달아 갔지요.

리처드 칼슨은 너무 일찍 우리 곁을 떠났지만, 삶은 여전히 흐르면서 그 누구도 완전히 이해할 수 없는 문제들을 계속 던져 주고 있습니다. 이제부터 당신이 읽을 이 책은, 탁월한 지혜와 깊은 사랑의 소유자가 썼다는 점을 떠올려 주기 바랍니다.

제가 보증합니다. 수많은 지역의 무수히 많은 독자들에게 그간 해 주었던 것과 마찬가지로, 이 책은 당신이 더 나은 모습으로 발전하도록 도와줄 것입니다. 그리고 그 결과 우리가 사는 이 세상이 더 행복하고 더 건강하고 더 용기 있으며 친절한 곳이 되게 할 것입니다.

불확실함이 점점 더 번져 가는 이 시대에 이 20주년 기념판이 출간된 사실을 리처드가 안다면, 자신이 여전히 수많은 사람을 도울 수 있다는 사실에 기뻐할 겁니다.

리처드의 세상에 대한 공헌이 담긴 매우 특별한 이 기념판의 출간을 축하합니다.

그리고 이 책을 선택한 당신에게도 역시 깊은 축하를 건넵니다.

사랑과 존경을 담아,
로빈 샤르마
《나를 발견한 하룻밤 인생수업》 저자

다시 행복해지기 위한 연습을
시작해 봐요

《100년 뒤 우리는 이 세상에 없어요》의 출간 20주년을 축하하는 이 기념판에 너무나 아름다운 서문을 써 준 로빈 샤르마에게 깊은 감사를 드립니다.

지금은 고인이 된 남편 리처드 칼슨 박사를 대신해서, 그의 예리한 관찰과 생각의 유산이 담긴 이 시리즈를 계속 진행해 가는 것은 제게 영광이자 특권입니다. 그는 문화, 종교, 언어, 정치 성향, 성별에 관계없이 모든 사람에게 보편적으로 적용되는 아이디어를 발견하고, 이를 간결하면서도 강력히 전하는 데 탁월한 재능을 가진 사람이었죠.

삶의 사소한 골칫거리는 언제든 큰불로 번질 수 있고, 수많은 사람들이 어디에 도움을 청해야 할지도 모른 채 그 불에 마음을 다치곤 합니다. 수년간 저는 이런 사람들로부터 자신들의 삶에 일어난 일을 전하는 메시지를 받아 오고 있습니다. 그리고 그 메시지들에는 이런 내용이 반복해서 담겨 있죠. "위기를 겪는 동안 이 책은 제게 큰 힘이 됐어요. 제 삶에 마치 성경책과 같은 역할을 해 줬습니다. 저는 이 책을 수없이 반복해서 읽었고, 읽을 때마다 마음이 차분해졌어요." 혹은 오프라 윈프리처럼 "이 책을 늘 침대 곁에 두고 있어요"라고 전해 오는 사람, 욕실에 두거나 가지고 다닌다는 사람도 있었지요.

리처드의 글이 사람들의 의식을 높여 주고 걱정을 줄여 주는 이유는, 그가 자신감과 정신을 건강하게 해 주는 기제들을 전달하는 방법을 알았기 때문이라고 믿습니다. 리처드는 '긍정심리학'이라는 분야가 지금처럼 자리 잡기 전부터 이미 그 개념을 개척했고, 사람들이 건강한 마음의 상태로부터 벗어나 버리기 쉽다는 생각을 가지고 글을 써 왔습니다. 그는 이렇게 말했지요. "누구도 항상 행복할 수는 없다. 하지만 연습을 통해 생각과 태도를 약간만 바꿔도 다시 행복한 상태로 돌아갈 수 있다."

이 책은 당신에게 원래 가졌던 핵심 가치를 온화하고 부드럽게 되돌려줄 것입니다. 책장을 하나하나 넘기면서 당신은 자연스러운 평안함이 어떤 것인지 다시 떠올리고, 사람들에게 연민의 마음을 가지게 될 것이며, 현재에 충실하며 배려하는 삶이란 어떤 의미인지 알게 될 것입니다.

인생은 연습입니다. 당신이 연습하고 있는 그것은 물과 햇빛을 받고 자라는 묘목처럼 성장할 것입니다. 연습할 때 당신은 더 강해집니다.

이 책은 당신을 우아하게 안내해 줄 겁니다. 진정 행복한 사람이 된다는 것, 자신의 잠재력을 펼치면서 타인들에게 긍정적 영향을 미치는 행복한 사람이 된다는 것이 어떤 의미인지 알려 줄 겁니다.

저는 분명히 말할 수 있습니다. 이 책을 읽고 여기에 나오는 지혜를 자신의 것으로 삼을 때, 당신은 사소한 일에 목숨 걸지 않고, 중요한 일에 신경 쓰면서, 더 큰 행복, 평화, 그리고 기쁨을 누리면서 살 수 있는 방법을 알게 될 것입니다.

고인이 된 남편 리처드 칼슨 박사를 기리는 마음으로, 저는 수없이 많은 이들의 삶을 바꿔 준 그의 유산을 계속 지니고 살아가려 합니다. 더 나은 삶을 누리고 싶은 사람이라면 누구나 이 《100년 뒤 우리는 이 세상에 없어요》를 필요로 할 테니까요.

인생으로부터 받은 선물을 소중히 여기며,
크리스틴 칼슨
《Don't Sweat the Small Stuff for Women》 저자

조화로운 삶에
필요한 두 가지

우리 세대의 가장 큰 발견은,
'태도가 바뀌면 인생이 바뀐다'는 사실이다.
_윌리엄 제임스

나쁜 소식, 불편한 사람, 실망스러운 결과처럼 좋지 않은 일을 겪을 때 우리는 습관적으로 특정한 반응을 내보입니다. 그런데 그런 반응은 보통 문제 해결에 도움이 별로 안 되는 것들이지요. 과도하게 감정을 표출하고, 지나치게 화를 내며, 삶의 부정적인 측면에만 집착하는 겁니다.

기분이 언짢고 화가 나며 신경이 예민해진 상태로 작은 일에 묶여 이러지도 저러지도 못하게 되면, 좌절감을 느낄 뿐 아니라 결국 원하는 것을 얻지 못하게 됩니다. 이럴 때 우리는 큰 그림을 놓치고, 우리를 도와주려는 사람들을 오히려 화나게 만듭니다. 간단히 말하자면, 인생을 늘 전쟁터처럼 살고 있는 것이죠.

문제를 해결하려고 급하게 서두르며 바쁜 모습을 보이지만, 실제로는 오히려 문제를 더 복잡하게 만들고 있을 때가 많습니다. 삶의 모든 일들이 다 심각해 보이기 때문에, 결국 극적인 드라마를 하나씩 해결하려 애만 쓰다가 인생을 다 낭비하고 맙니다.

이렇게 시간이 흐를수록 우리는 모든 일이 정말로 다 심각한 것이라고 믿게 됩니다. 문제를 빠르고 효과적으로 해결하는 데 가장 중요한 것은 그 문제를 바라보는 방식이라는 사실마저 완전히 잊고 마는 것이죠. 삶에서 일어나는 일을 좀 더 편안하게 바라보는 습관을 갖게 될 때, 비로소 결코 해결할 수 없을 듯했던 문제들이 사실은 쉽게 다룰 수 있는 대상이라는 점을 발견할 수 있습니다. 그러면 정말 큰 스트레스를 안겨 줬던 심각한 문제조차 예전처럼 우리를 힘들게 하지 않을 겁니다.

다행히도 세상에는 인생을 바라보는 또 다른 방식이 있습니다. 삶을 보다 편안하게 만들고 사람들이 서로 잘 지낼 수 있게 하는 방법이지요. 부드럽고 품위가 넘치는 방법이기도 합니다.

삶을 대하는 이 새로운 방식은 일어나는 상황에 대해 그때그때 즉각적으로 '반응'하는 습관을 버리고, 새로운 '관점'을 갖는 것입니다. 이 습관은 우리가 더 풍성하고 만족스러운 삶을 살 수 있게 해 줍니다.

저의 개인적 일화를 하나 나누겠습니다. 제게 깊은 감동을 주었고 중요한 교훈을 확신시켜 준 이야기입니다. 그리고 이 책에서 전하고자 하는 메시지의 정수(精髓)를 담고 있으며, 곧 알게 되겠지만 이 책 제목의 씨앗이 된 사건이기도 합니다.

1년 전쯤, 한 외국 출판사가 제게 연락을 해 왔습니다. 제 책인 《생각의 집착을 버리면 당신은 행복해질 수 있다(You Can Feel Good Agian)》의 번역판 출간을 위해, 베스트셀러 작가인 웨인 다이어 박사의 추천사를 받아 주었으면 한다는 요청이었습니다. 저는 다이어 박사가 저의 이전 책에 추천사를 써 주긴 했지만 이번에도 써 줄지는 모르겠다고 했습니다. 다만 어쨌든 시도는 해 보겠다고 전했지요.

그렇게 요청서를 보냈지만 다이어 박사에게서 회신은 오지 않았습니다. 그로부터 얼마간 시간이 흐른 후에, 저는 다이어 박사가 너무 바쁘거나 추천사를 써 줄 의사가 없다는 결론을 내렸습니다. 저는 그의 결정을 존중했고, 새로운 책 홍보에 그의 이름을 사용할 수 없다는 사실을 외국 출판사 측에 알렸습니다. 그리고 그것으로 일이 마무리되었다고 생각했죠.

그런데 6개월 후에 배달되어 온 번역서의 표지를 보고 저는 너무도 놀랐습니다. 거기에는 그가 저의 이전 책을 위해 써 준 추천의 글이 고스란히 실려 있었던 것입니다! 제가 반대 의사를 명확히 전했음에도 불구하고, 그 외국 출판사는 이전 책을 위해 다이어 박사가 써 준 글을 새 책에 다시 사용하고 말았습니다. 저는 머리끝까지 화가 났고, 그 일로 인해 앞으로 일어날 일에 대해서도 걱정되기 시작했습니다. 저는 당장에 에이전시에 연락했고, 에이전시는 곧바로 외국 출판사에 연락을 취해 당장 서가에서 모든 책을 수거하라고 요구했습니다.

한편으로는 다이어 박사에게 직접 사과의 편지를 쓰기로 했습니다. 그에게 자초지종을 설명하고 문제를 해결하기 위해 어떤 조치를 취하고 있는지 자세히 적었지요. 그가 뭐라고 회신할지 노심초사하며 편지를 보낸 지 몇 주가 지난 어느 날, 마침내 그로부터 한 통의 편지가 도착했습니다. 그 편지에는 이렇게 적혀 있었죠.

"리처드, 조화로운 삶을 살기 위한 두 가지 규칙이 있어요.
1) 사소한 일에 목숨 걸지 말아요.
2) 모든 것은 다 사소할 뿐입니다.
추천사는 그냥 두는 걸로 하시죠."

이게 전부였어요! 훈계도 협박도 없었습니다. 불편한 감정도, 마찰도 없었죠. 자신의 이름이 명백하게 잘못 사용되었는데도 다이어 박사는 품위 있고 겸손하게 반응했습니다. 조금의 분노도 느껴지지 않았습니다. 그는 일이 흘러가는 대로 맡기는 것, 그리고 인생에서 벌어지는 사건에 평온하고 품위 있게 반응하는 것이 얼마나 중요한지 몸소 보여 주었습니다.

제가 사람들로 하여금 삶을 좀 더 포용하는 자세로 대할 수 있도록 도운 지도 벌써 10년이 지났습니다. 그 시간 동안 저는 그들과 함께 스트레스, 인간관계, 직장 문제, 중독과 집착, 일반적인 좌절감에 이르기까지 온갖 종류의 문제들을 해결하기 위해 애써 왔지요.

이 책에서는 당신이 오늘 당장 시작할 수 있는 구체적인 전략들을 제시할 것입니다. 인생에서 벌어지는 일들에 품위 있는 모습으로 대응하도록 돕기 위한 전략들이지요. 그리고 오랫동안 저의 고객들과 독자들을 통해 효과가 입증되기도 했습니다. 또한 저 스스로가 채택하고 있는, 가장 저항이 적은 삶의 방식이기도 합니다.

이 각각의 전략은 단순하지만 강력합니다. 당신이 보다 넓은 관점을 누릴 수 있게 해 주고, 더 느긋한 삶으로 안내하는 길잡이가 되어 줄 것입니다. 살면서 발생하는 개별 사건들뿐 아니라 인생에서 직면하게 될 가장 힘든 문제들을 해결하는 데도 이 전략들이 도움이 된다는 사실을 당신 또한 알게 될 겁니다.

'사소한 것에 목숨 걸지 않는다'고 한들 삶이 완벽해지지는 않습니다. 다만 삶에서 일어나는 일들을 훨씬 부드럽고 온화하게 받아들일 수는 있죠. 동양의 참선 철학에서 우리가 배우듯이, 어떤 문제에 맞닥뜨렸을 때 온 힘을 다해 저항하는 대신 그냥 자연스럽게 받아들일 수 있다면 삶이 물 흐르듯 흘러갈 것입니다. 또 신학자 라인홀트 니부어의 '평온을 비는 기도문'에 나오는 것처럼 "바꿀 수 있는 것은 변화시키고, 바꿀 수 없는 것은 받아들이며, 이 둘의 차이를 아는 지혜를 갖게 될 것"입니다. 당신이 이 전략들을 실천한다면 인생을 조화롭게 살 수 있게 해 주는 다음 두 가지 규칙을 반드시 몸에 익히게 될 것이라고 저는 자신합니다.

1) 사소한 것에 목숨 걸지 않는다.
2) 모든 것은 다 사소한 것이다.

이 전략들을 당신의 삶에 적용한다면, 더욱 평온하고 스스로를 사랑하는 삶이 시작될 겁니다.

1.
사소한 것에
목숨 걸지 말아요

Don't Sweat the Small Stuff

조금만 생각해 보면 정말 별것 아닌 일인데, 그 일에 빠져 허우적댈 때가 있습니다. 사소한 문제와 걱정에 집중하다가 결국 균형감각을 잃고 일을 엉망으로 만들어 버리는 거죠.

예를 들어 심한 교통 체증 때문에 짜증이 난 상황에서, 마침 내 앞으로 끼어들기를 하는 차가 있다고 칩시다. 그런 경우 대개 그 일을 그냥 흘려보내지 못하고 화를 내게 되지요. 그렇게 성질을 부리는 자신을 정당화하면서까지 말이죠. 심지어 한참 시간이 흐른 뒤에도 그 일을 곱씹으면서, "글쎄, 그 차가 말이야!"라며 분통을 터뜨리기도 합니다.

앞차가 저렇게 운전하다가 어디서 사고를 내든 말든, 지금

100년 뒤 우리는 이 세상에 없어요

은 그냥 끼어들게 내버려 두면 어떨까요? 혹은 다급한 상황 때문에 서둘러야 하는 고통을 공감하면서 일말의 동정심을 가져 본다면요? 이러면 평온한 마음도 유지하면서 남의 일이 내 문제가 되는 상황도 피할 수 있겠지요.

우리의 일상에는 이런 '사소한 일'들이 매일 일어납니다. 길 게 늘어선 줄에서 한없이 기다려야 한다거나, 자신의 잘못이 아닌데도 부당한 비난을 듣게 되거나, 공정하지 못하게 일이 분배되어 대부분을 혼자 처리해야 하는 등, 이런 사례는 수도 없이 많습니다. 이런 사소한 것들에 대해 쓸데없이 걱정하고 짜증 내지 않는 법을 배운다면 엄청난 보상이 돌아올 겁니다.

소중한 삶의 에너지를 '사소한 일에 목숨 거는 데' 사용하 는 사람들이 너무 많지요. 그느르라 인생이 선사하는 마법과 아름다움을 놓쳐 버리면서요. 이제부터라도 '사소한 것에 목 숨 걸지 않겠다'는 목표를 세우고 그런 삶을 사는 데 전념한다 면, 더 친절하고 멋진 사람이 되는 데 쓸 수 있는 에너지를 훨 씬 많이 갖게 될 겁니다.

2.
불완전함을
선물로 받아들여요

Make Peace with Imperfection

저는 아직까지 '온전히 내적 평화를 이룬 완벽주의자'를 만나 본 적이 없습니다. 완벽하고 싶은 욕구와 내면의 평온은 늘 서로 충돌하기 마련이지요. 지금 있는 그대로가 아니라 더 나은 특정한 모습으로 바뀌어야 한다는 생각에 사로잡힌다면, 우리는 결국 질 수밖에 없는 싸움을 하는 셈입니다. 현재 가진 것에 만족하고 감사하지 못한 채 어떻게 고쳐야 할지에만 집착하는 것이죠. 이렇게 잘못에만 집착한다면 결국 불만족과 불안에 휩싸이고 맙니다.

어지러운 옷장이나 자동차의 긁힌 자국, 기대에 못 미치는 성과처럼 자신과 관계된 문제든, 아니면 남들의 외모, 행동,

삶의 방식이 가진 불완전함이든 간에, 불완전함에만 집중하는 우리는 부드럽고 온화한 삶이라는 목표로부터 멀어질 수밖에 없습니다.

그렇다고 더 이상 삶에 최선을 다하지 말자는 뜻은 아닙니다. 삶의 '문제'에만 몰두하고 지나치게 집착하지 말자는 이야기지요. 어떤 일을 좀 더 잘 할 수 있는 방법이야 늘 있게 마련이지만, 약간 부족하다고 해도 이미 가진 것들에 감사하거나 즐거워하지 못할 이유는 없다는 겁니다.

여기서 제시하는 해결책은 이겁니다. 어떤 것을 있는 그대로 받아들이지 못하고, 늘 더 낫게 고쳐야 한다는 고집에 빠지려 할 때마다 그런 현상을 인식하고 멈춰야 합니다. 스스로에게 "지금 이대로도 괜찮아"라며 부드럽게 일깨워 주세요.

당신이 함부로 판단하려 들지만 않는다면, 모든 것은 다 괜찮습니다. 삶의 구석구석에서 완벽주의의 강박관념을 제거하기 시작하는 순간, 자신의 삶은 지금 그대로도 이미 완벽하다는 진실을 발견하게 될 것입니다.

3.
느긋함과 평온함을
그냥 즐겨요

Let Go of the Idea that Gentle,
Relaxed People Can't Be Superachievers

　사람들은 늘 허둥대고 불안해하면서, 마치 인생에 엄청난 재난이라도 일어난 것처럼 앞다퉈 살아갑니다. 마치 조금이라도 더 느긋하고 다정한 사람이 되었다가는 목표를 향해 나아가는 진취적인 자세가 사라져 버릴까 봐 두려워하는 듯 말이죠. 게으르고 심드렁한 사람이 될까 봐서요.

　하지만 실제로는 오히려 정반대의 일이 일어난다는 사실을 깨닫는다면, 이런 두려움은 자연히 사라지겠지요.

　두려움과 초조함에 사로잡힌 상태가 유지되면, 당신의 내면으로부터 엄청난 에너지가 빠져나가 버리고 창의적인 생각과 도전 정신이 사라지게 됩니다. 뭔가를 미칠 듯이 두려워하고 걱정할 때, 당신은 기쁨을 잃어버리는 것은 물론, 자신이 가진 가장 뛰어난 잠재력마저 스스로 묻어 버리게 되는 겁니다. 말하자면, 당신이 지금까지 이뤄 낸 모든 성공은 결국 두려움으로 인한 결과가 아니라 두려움을 극복했기 때문에 얻어 낸 결과인 것이죠.

운 좋게도 제 주변에는 항상 느긋하고, 평온하고, 다정한 사람들이 많습니다. 그중에는 유명한 작가, 자녀에게 아낌없이 사랑을 베푸는 부모, 친절한 상담가, 성실한 IT 전문가, 최고의 경영자도 포함돼 있죠. 이들 모두가 자신의 일에 성취감을 느끼고 탁월한 능력을 갖춘 사람들입니다.

제가 살면서 알게 된 중요한 교훈을 하나 알려 드리지요. 우리가 진정으로 바라는 내면의 평화가 우리 안에 깃드는 순간, 욕망, 걱정, 필요는 더 이상 우리의 정신을 괴롭히지 못하게 됩니다. 그럼으로써 자신의 목표에 집중하고 성취하고, 나아가 남들에게 베풀기도 한결 쉬워질 겁니다.

4.
생각의 눈덩이에
짓눌리지 말아요

Be Aware of the Snowball Effect of Your Thinking

좀 더 평온한 사람이 되기 위한 효과적인 방법 중 하나는, 부정적이고 불안한 생각이 얼마나 빨리 커져서 결국 자신을 통제 불능 상태로 만드는지 깨닫는 것입니다.

생각에 사로잡혀 있을 때 자신이 얼마나 긴장된 상태에 놓이는지 느껴본 적 있나요? 당신을 화나게 만들었던 그 일을 하나하나 떠올리면서 그 기억 속으로 더 깊이 빠져들수록, 당신의 기분은 점점 더 엉망이 되고 말지요. 하나의 생각이 다음 생각으로 이어지고, 거기서 또 다른 생각이 나타나고… 당신을 완전히 뒤집어 놓을 때까지 이 악순환은 계속될 겁니다.

예를 들어 한밤중에 잠에서 깼는데, 불현듯 다음날 꼭 걸어야 하는 전화가 떠올랐다고 칩시다. 그런데 당신은 중요한 일을 잊지 않고 기억해 냈다는 사실에 안도하지 않고, 다음날 해야 할 다른 일들 '전부'에 대해서까지 생각하기 시작합니다. 내일 직장 상사와 나누게 될 대화를 마음속으로 연습해 보는 지경까지 이르자, 당신은 슬슬 화가 치솟기 시작하죠. 이런 생각이 듭니다.

"세상에 내가 이렇게 바쁘게 살고 있다니. 하루에 전화를 50통이나 걸어야 해. 이렇게 사는 사람이 나 말고 또 있을까?"

이런 생각이 계속 불어나서 결국 스스로에 대해 연민을 느끼는 단계에까지 이르고 말지요. 이렇듯 스스로에게 '생각의 공습'을 퍼붓는 사람들이 많습니다. 제 고객들도 이와 비슷하게 상상 속의 리허설에 밤낮으로 시달린다고 하더군요. 머릿속이 걱정과 분노로 차 있는데 마음의 평화를 얻는다는 건 어불성설이겠지요.

해결책은 간단합니다. 생각이 점점 커지기 전에 지금 머릿속에서 무슨 일이 일어나고 있는지를 알아차리는 겁니다. 더 빨리 알아차릴수록 나쁜 생각이 눈덩이처럼 불어나기 전에 멈추기가 쉽습니다.

앞서 예로 들었던 상황으로 다시 돌아가 보지요. 당신은 내일 할 일 목록을 떠올리기 시작합니다. 다만 이번엔 그 일들에 집착하는 대신, 자신에게 이렇게 말하는 겁니다.

"어휴, 내가 또 이러고 있네? 당장 그만둬야지."

그리고는 의식적으로 생각의 싹을 싹둑 잘라 버리는 겁니다. 생각의 기차가 미처 역을 벗어나기 전에 멈춰 버리는 것이죠. 그러면 내일 할 일 때문에 전날 밤을 망치지 않고, 중요한 전화를 잊지 않고 떠올렸다는 사실에 감사하게 될 겁니다.

만약 한밤중에 잠에서 깨어 중요한 생각이 불현듯 떠올랐다면… 그냥 잊지 않도록 메모해 두고 다시 침대로 돌아가세요. 이런 상황을 대비해 침대 곁에 펜과 메모지를 준비해 둬도 좋겠습니다.

어쩌면 당신은 정말 바쁜 사람일 수도 있겠죠. 하지만 이미 스트레스로 가득한 머릿속에 일이 주는 압박감을 더한들, 상태를 더욱 악화시킬 뿐입니다.

다음번에 또 미래의 할 일에 집착하는 일이 생긴다면 이 간단한 방법을 시도해 보세요. 얼마나 잘 먹히는지, 아마 깜짝 놀랄 겁니다.

5.
최대한 동정심을
발휘해 봐요

Develop Your Compassion

　타인에 대한 동정심을 키우는 것만큼 인생에 대한 관점을 발전시키는 데 도움이 되는 건 없습니다. 동정심이란 곧 '공감' 입니다.

　남에게 동정심을 갖는다는 것은 자신을 그 사람의 입장에 두고, 자기에게만 초점을 맞추지 않고, 저런 곤경에 빠지면 어떤 기분일지 상상해 보고, 동시에 그런 곤경 가운데 놓인 사람들에게 인정을 베푸는 겁니다.

　동정심이란 바로 타인의 문제와 고통, 좌절을 내 것처럼, 아니 그 이상으로 설실하게 느끼는 것입니다. 그들의 어려움을 인식하고 도와주려 애쓸 때 우리는 마음을 열고 감사의 마음도 키울 수 있죠.

동정심은 연습을 통해 키울 수 있습니다. 여기서 중요한 두 가지 요소가 '의도'와 '행동'입니다.

의도란, 간단히 말하자면, 다른 사람을 향해 마음을 열겠다는 의지를 갖는 겁니다. 자신의 입장에서만이 아니라 타인의 입장으로 확장하여 누가, 또 무엇이 중요한지 생각해 보는 거죠.

한편 행동은 그들을 위해 당신이 실제 취하는 어떤 행위를 말합니다. 이를테면 마음이 끌리는 일을 위해 정기적으로 시간을 내거나, 약간의 돈을 기부하거나 하는 것이죠. 또는 거리에서 마주치는 사람에게 아름다운 미소를 지어 보인다든가, 진심 어린 인사를 건네는 일도 해당될 수 있습니다. 당신이 '어떤 행동'을 하는지가 중요한 게 아니라, 어떤 행동을 '한다'는 사실 자체가 중요한 것입니다. 마더 테레사는 이런 말씀을 남겼지요.

"이 땅에 사는 동안 우리는 위대한 일을 할 수 없습니다. 단지 위대한 사랑으로 작은 일을 할 뿐입니다."

동정심은 우리가 보통 너무 심각하게 받아들이는 모든 사소한 것들로부터 관심을 거둬들이고, 진정 감사할 수 있는 마음을 길러 줍니다.

당신이 지금 이 책을 읽고 있다는 사실, 두 눈으로 세상을 지켜보고 있다는 사실을 포함해 삶에서 일어나는 여러 기적들과 지금까지 받아온 사랑의 선물들을 한번 죽 돌아보세요.

그래야 비로소, 지금까지 당신이 엄청나게 중시했던 그 많은 것들이 그야말로 '사소한 것'에 지나지 않는데도 마치 '대단한 일'인 양 대하고 있었다는 진실을 깨닫게 될 테니까요.

6.
'받은 편지함'에는
관심을 꺼도 좋아요

Remind Yourself that When You Die,
Your "In Basket" Won't Be Empty

어떻게 해서든 모든 일을 완수하는 것만이 삶의 비밀스런 목표인 것처럼 사는 사람들이 많죠. 밤늦도록 일하고, 새벽같이 일어나고, 재미있는 일은 멀리하고, 사랑하는 사람들을 하염없이 기다리게 만들면서요. 그러다가 너무 오랫동안 기다리게 한 나머지, 나를 사랑해 주는 사람으로 하여금 관계를 지속할 이유를 잊어버리게 되는 경우마저 보게 됩니다. 고백하자면, 저도 마찬가지였고요.

우리는 '할 일 목록'에 대한 강한 집착이 일시적일 뿐이라며 자신을 설득하고는 합니다. 이 일들만 끝내면 평온하고 여유롭고 행복한 자신으로 돌아갈 수 있을 거라 생각하지요. 하지만 현실에서 그런 일은 거의 일어나지 않습니다. 하나의 목록을 지워 낸다고 한들 어느새 또 다른 목록이 그 자리를 차지하게 마련이지요.

'받은 편지함'의 속성은 할 일들로 채워지는 겁니다. 비어 있기 위해 존재하는 것이 아니란 얘기지요. 거기에는 원래 걸어야 할 전화, 완성해야 할 프로젝트, 마쳐야 할 일들이 채워지게 돼 있습니다. 오히려, '받은 편지함'이 빼곡히 차 있는 게 성공의 필수조건이라고들 얘기하기도 하지요. 그건 곧 당신을 필요로 하는 곳이 그만큼 많다는 의미니까요!

당신이 누구든 어떤 일을 하든, 가장 중요한 것은 자기 자신과 당신이 사랑하는 사람들의 행복, 그리고 내면의 평화라는 사실을 기억하기 바랍니다. 만약 '일을 끝내는 데'에만 집착한다면 행복은 당신에게서 점점 멀어질 수밖에 없는 겁니다.

사실, 거의 모든 일들은 조금씩 기다리게 해도 큰 문제가 되지 않지요. 그중에 '비상사태'의 범주에 들 만한 일은 그리 많지 않습니다. 다만 일할 때 그 일에 제대로 집중하기만 한다면, 시간 내에 마무리할 수 있습니다.

저는 깨달았습니다. 삶의 목적이란 일을 끝마치는 데 있는 것이 아니라, 일이 진행되는 각 단계를 즐기며 사랑으로 가득한 삶을 살아가는 것이라는 사실을. 그리고 이 사실을 자신에게 자주 일깨울수록, 할 일 목록에 있는 항목을 어서 끝내 버리려는 집착을 좀 더 잘 통제할 수 있게 된다는 그 이면의 비밀 또한 말이죠.

생각해 보세요. 당신이 이 세상을 떠나는 그 순간에도 아직 끝내지 못한 일들이 여전히 남아 있을 겁니다. 하지만 그 일은 당신이 아닌 또 다른 사람이 처리할 몫일 뿐이에요! 이제 더는 어쩔 수 없는 걱정 때문에 삶의 소중한 순간들을 흘려보내지 않길 바랍니다.

7.

다른 사람의 말을
자르지 말아요

Don't Interrupt Others
or Finish Their Sentences

　제가 다른 사람의 말을 얼마나 자주 가로막고 자르는지 깨
달은 지는 불과 몇 년이 지나지 않았습니다만, 일단 깨달은 이
후에는 그 습관이 얼마나 파괴적인지 쉽게 알 수 있었지요. 타
인의 존중과 사랑을 크게 해칠 뿐 아니라, 나 자신과 상대방,
둘의 머릿속을 동시에 읽느라 많은 에너지를 소모하게 만들
기 때문이었습니다.

　잠깐만 생각해 보세요. 사람들의 말을 재촉하고, 그들이
말하는 도중에 끼어들거나 말을 자르려면 자신의 생각뿐 아
니라 상대의 생각까지 놓치지 않아야 합니다. 그런데 바쁜 사
람들이 흔히 보이는 이런 습관은 대화 당사자들의 말과 생각

의 속도를 빨라지게 만들고 말지요. 그래서 결과적으로 모두가 긴장과 짜증, 피곤과 분노의 상태에 빠지기 쉽습니다.

또한 언쟁의 불씨가 되기도 합니다. 왜냐하면 누구에게든 어떤 경우든 분노를 유발하는 확실한 원인이 하나 있다면, 그것은 "저 사람이 내 이야기를 들어주지 않아!"이기 때문이죠. 상대방이 아니라 내가 말을 하고 있는데, 그 사람이 무슨 말을 하는지 들을 수 있는 방법은 없잖아요?

다른 사람의 말을 가로막는 나쁜 성향은, 원래 악의 없는 버릇에서 비롯된 것이지만 너무 익숙해진 나머지 자신에게 그런 성향이 있다는 걸 미처 눈치 채지 못하게 되어 굳어진 경우가 많지요. 이건 오히려 긍정적인 소식입니다. 왜냐하면 설령 방심하여 상대방의 말을 자르려는 순간이 와도, 자신을 잠깐 멈추기만 하면 되는 거니까요.

가능하다면 대화가 시작되기 전에 인내와 기다림이 필요하다는 점을 자신에게 상기시키는 게 좋습니다. 다른 사람이 말을 끝낼 때까지 기다렸다가 입을 열겠다고 다짐해 보세요. 이 간단한 행동의 결과로 당신의 삶 속에 있는 사람들과의 상호작용이 얼마나 좋아지는지를 바로 알 수 있습니다. 당신과 대화하는 사람들은 당신이 자신의 말을 들어 주고 있다는 느낌을 얻고 마음이 한결 편안해질 테니까요.

당신 또한 상대방의 말을 자르지 않을 때 훨씬 더 여유로워
질 겁니다. 심장 박동이 차분해질 것이고 대화를 서두르지 않
고 즐길 수 있게 될 거예요. 자신을 보다 평온하고 다정한 사
람으로 만드는 쉬운 방법이지요.

8.
남몰래 친절을
베풀어 봐요

Do Something Nice for Someone Else—
and Don't Tell Anyone About It

　　자신이 베푼 선행과 친절에 대해 말하길 즐기는 사람들이 많습니다. 여기에는 칭찬받고 싶은 마음이 은근히 자리하고 있지요. 누군가에게 자신의 친절과 너그러움에 대해 이야기하면, 자신이 정말 사려 깊고 괜찮은 사람처럼, 남들의 호의를 받기에 마땅한 사람처럼 느껴집니다.

　　모든 친절은 그 자체만으로도 훌륭하지요. 하지만 사려 깊은 행동을 하고도 그 사실을 아무에게도 이야기하지 않는다면, 훌륭함 이상의 어떤 마법적인 힘이 발휘될 수 있습니다.

　　타인을 향한 베풂은 언제나 좋은 기분을 선사해 줍니다. 자신의 친절에 대해 사람들에게 떠벌려서 그 기분을 희석시키지 말고 혼자서만 간직한다면, 고스란히 자신만의 것으로 만들 수 있습니다.

베풂은 보상을 기대하지 않고 베풂 그 자체의 즐거움을 위해 행하는 겁니다. 따라서 자신이 베푼 친절을 다른 사람에게 알리지 않을 때 베풂을 가장 올바르게 실천하는 것이라 할 수 있죠. 다만 나눔을 통해 느끼는 따스함을 덤으로 얻게 될 뿐입니다.

다음번에 누군가를 위해 뭔가 정말 멋진 일을 할 때는, 그 사실을 자신만의 비밀로 간직하고 나눔의 기쁨을 온전히 누려 보길 바랍니다.

9.
스포트라이트는
다른 사람에게 양보하세요

Let Others Have the Glory

　스스로 주인공이 되고 싶은 집착을 버리고 다른 사람들에게 영광을 돌릴 때, 당신의 영혼에는 마법처럼 특별한 평온함이 찾아옵니다.

　우리 내부에 자리한 이기적인 마음은 모든 관심을 독차지하고 싶어 합니다. "나를 봐. 나는 아주 특별한 존재라고. 내 이야기가 훨씬 더 재미있어." 이렇게 말하면서요. 비록 당장 입 밖으로 내뱉지는 않더라도 '내가 이룬 성취가 당신 것보다 더 대단해'라는 마음을 갖고 있기도 합니다.

　이렇게 다른 사람들을 딛고서라도 남들보다 더 돋보이고 자신의 이야기를 들려주고 싶은 마음, 존경받고 특별한 존재로 인정받고 싶은 마음, 이런 마음을 바로 에고(ego)라고 합니다. 이것 때문에 우리는 자기 순서를 기다리지 못하고는 다른 사람이 말하는 중간에 끼어들거나 대화와 관심의 초점을 자신에게로 되가져오려고 안달하죠.

정도의 차이는 있지만, 우리 모두가 이런 습관 때문에 결국 손해를 봅니다. 이런 행동을 하면 상대방이 느끼는 대화의 즐거움은 줄어들 수밖에 없죠. 따라서 당신과 상대방 사이에는 거리감이 생길 테고, 서로에게 좋지 않은 결과가 기다리고 있을 뿐입니다.

다음에 누군가가 자신이 이룬 성취에 대해 당신에게 이야기할 때는, 그 사람에게 당신 자신의 이야기를 되돌려주지 않도록 주의하세요. 물론 쉽게 바꾸기는 힘든 습관이지만, 이렇게 주목받고 싶은 욕심을 버리고 다른 사람들의 이야기를 들어줌으로써 즐거움뿐 아니라 관심받고 싶은 욕구를 이겨 냈다는 조용한 자신감 또한 얻을 수 있습니다.

상대방이 말할 때 "예전에 나도 똑같은 일을 했었죠"라거나 "오늘 내가 무슨 일을 한 줄 알아요?"라며 불쑥 끼어들기보다는, 입술을 깨물며 말을 삼킨 후… 무슨 일이 일어나는지 지켜보세요. "정말 멋지네요!" 혹은 "더 이야기해 주세요"라고 말한 후 기다려 보는 겁니다.

그러면 상대방은 당신과의 대화를 훨씬 더 즐거워하게 될 겁니다. 당신이 그 사람의 말을 주의 깊게 경청하면서 그 순간을 함께해 준다면 그는 당신과 경쟁하고 있다는 느낌을 받지 않을 거예요. 그 결과, 그는 당신과 함께할 때 편안함을 느끼고 그로 인해 더 재미있고 자신감 있는 사람이 될 겁니다. 당신도 역시, 의자 끝에 걸터앉아 초조하게 자신의 순서가 돌아오기를 기다리지 않아도 되니, 느긋하게 대화를 즐길 수 있을 거고요.

이것만은 분명합니다. 일방적으로 많은 대화를 하는 것보다, 서로의 경험을 주고받고, 서로가 상대의 말에 관심을 갖고, 서로에게 주목하면서 대화를 나누는 게 중요합니다. 대화 중에 상대의 말을 가로채고 싶은 충동적 욕구를 다스릴 필요가 있다는 뜻이죠. 오히려 모든 관심을 독차지하고 싶은 욕구를 내려놓고 다른 사람들의 말에 관심을 기울인다면, 남들로부터 얻고자 했던 관심은 내면의 자신감으로 조용히 대체될 것입니다.

100년 뒤 우리는 이 세상에 없어요

10.

지금을
즐기며 사는 법을 배워요

Learn to Live in the Present Moment

지금 이 순간을 얼마나 충실하게 사느냐가 결국 마음의 평화를 결정하지요. 어제, 혹은 지난해에 무슨 일이 일어났는지 그리고 내일 어떤 일이 일어날지와는 상관없이, 당신은 언제나 바로 '지금'이라는 시간에 머물러 있는 거니까요!

삶에서 일어나는 일들을 한꺼번에 걱정하지 않으면 큰일이라도 나는 듯, 노이로제에 걸린 삶을 사는 사람들이 너무 많습니다. 과거에 대한 걱정과 미래에 대한 근심이 현재를 완전히 지배한 나머지, 불안과 초조, 우울증과 절망에 빠져 살기도 하지요.

이런 심리의 이면을 들춰 보면, 우리는 삶에 대한 만족을 계속 뒤로 미루면서 '언젠가'는 오늘보다 나아질 거라고 자신을 설득하고 있는 셈입니다. 하지만 불행하게도 내일을 걱정하는 심리 상태가 계속 반복될 것이기에 그 '언젠가'는 결코 오지 않겠지요.

존 레논은 이렇게 말했습니다.

"인생에서 중요한 일은, 우리가 다른 계획을 세우느라 바쁘게 지내는 동안에 일어난다."

우리가 '다른 계획'을 세우느라 바쁠 때, 자녀들은 어느새 쑥쑥 자라고, 사랑하는 이들은 멀리 이사 가거나 심지어 세상을 떠나기도 합니다. 우리의 몸은 점점 약해지고, 꿈은 희미하게 사라져 갑니다. 간단히 말해, 인생에서 정말 중요한 것들을 놓치고 마는 것이죠.

많은 이들이 현재의 삶을 마치 미래의 어느 시간을 위한 리허설인 것처럼 여기며 삽니다. 삶이란 그런 것이 아닙니다. 사실 우리 중 누구도, 내일도 여전히 이 땅에 살 거라고 보장받은 사람은 없습니다. '지금'은 우리가 가진 유일한 시간이자, 우리가 만들어 갈 수 있는 시간입니다.

우리가 '지금'에 주의를 기울일 때 마음속 가득한 두려움을 떨쳐 낼 수 있습니다. 두려움은 미래에 일어날 수 있는 일에 대한 걱정일 뿐입니다. 돈을 충분히 모으지 못할까 봐, 자녀들에게 사고가 터질까 봐, 늙어 죽게 될까 봐 전전긍긍하는 것이죠.

두려움과 맞서는 가장 좋은 전략은 당신의 관심을 현재로 데려오는 것입니다. 마크 트웨인은 이렇게 말했습니다. "나는 살면서 끔찍한 일들을 겪었는데, 그 가운데 실제로 벌어진 일은 얼마 되지 않아요." 이보다 더 훌륭한 설명은 없을 겁니다.

당신의 관심을 지금, 그리고 바로 여기에 두는 연습을 계속 하세요. 그 노력은 분명히 큰 상으로 되돌아올 테니까요.

11.
모든 사람이(당신 빼고)
지혜롭다고 생각해요

Imagine that Everyone Is Enlightened Except You

이 전략은 당신이 전에 결코 받아들이기 힘들었던 것을 훈련해 볼 기회를 선사할 겁니다. 어려운 일이긴 하지만 일단 시도해 보면, 그 어떤 전략보다도 자신에게 도움이 된다는 점 또한 깨달을 수 있을 거고요.

제목에서 제안한 것처럼, 당신이 알고 만나는 모든 사람들이, 완벽하게 지혜롭다고 생각하세요. 당신을 뺀 모든 사람이 말이에요!

그럼 그 모든 사람들로부터 뭔가를 배울 수 있을 겁니다. 당신이 해야 할 일은, 삶에서 마주치는 사람들이 당신에게 무엇을 가르쳐 주려고 하는지 알아내는 것입니다. 이 전략을 실행에 옮겨 보면, 타인의 행동이나 불완전함에 대한 짜증, 좌절, 불편이 훨씬 줄어듦을 발견하게 될 겁니다. 이런 식으로 삶에 접근해 보는 게 얼마나 기쁜 일인지도 알게 될 거고요. 누군가의 행동으로부터 교훈을 배운다고 생각하면 그 행동 때문에 좌절할 일도 없겠지요.

예를 들어, 당신이 우체국에 있다고 상상해 봅시다. 그런데 우체국 직원이 마치 일부러 느릿느릿 일하는 것처럼 느껴집니다. 이럴 때 화를 내기보다는, 이렇게 질문해 보는 겁니다. "저 사람으로부터 내가 뭘 배울 수 있을까?" 어쩌면 좋아하지 않는 일을 직업으로 가진 사람이 얼마나 힘들지, 동정심을 배울 수도 있을 겁니다. 혹은 인내심을 기르는 훈련의 기회가 될 수도 있지요. 사실 긴 줄 가운데 서 있는 시간만큼 인내심 단련에 좋은 기회는 없기도 하고요.

이런 전략이 얼마나 쉽고 재밌는지 깨닫고 당신은 깜짝 놀라게 될 겁니다. 그저 상황에 대한 접근을 조금만 달리하기만 하면 되는 거예요. "이 사람들은 도대체 왜 이런 식으로 하지?"를 "이 사람들로부터 내가 뭘 배울 수 있을까?"로 전환하기만 하면 끝입니다. 지금 당장, 당신 주변에 어떤 '지혜로운 사람들'이 있는지 살펴보세요.

12.
대개는 남이
옳다고 인정하세요

Let Others Be "Right" Most of the TIme

당신이 스스로에게 던져야 할 가장 중요한 질문 중 하나는 바로 이것입니다.

"나는 '옳은' 사람이 되고 싶은가? 아니면 '행복한' 사람이 되고 싶은가?"

대부분 이 두 질문은 서로 배타적입니다.

자신의 입장을 방어하고 내가 옳다는 것을 주장하려면 엄청난 정신적 에너지가 소모됩니다. 또 그러다가 소중한 사람들로부터 멀어지는 결과를 맞을 수도 있죠.

내가 옳다는 주장은 곧 상대방이 잘못이라는 의미이며, 이런 태도는 상대로 하여금 방어적인 태도를 취하게 만듭니다.

100년 뒤 우리는 이 세상에 없어요

또한 자신 역시 방어적인 태도를 취할 수밖에 없기 때문에 압박감이 들죠. 그런데도 저를 포함한 많은 이들이 자신이 옳다는 것을 입증하고 상대의 잘못을 지적하기 위해 엄청난 시간과 에너지를 쏟아붓습니다.

사람들은 의식적으로든 무의식적으로든, 타인들에게 그들의 입장이나 발언, 관점이 옳지 않음을 보여 주는 것이 자신의 책임이라고 믿습니다. 그러면 지적받은 사람이 감사해하거나 적어도 뭔가를 배울 거라고 생각하지요. 하지만 그 생각은 틀렸습니다!

잘 생각해 보세요. 당신이 누군가로부터 지적을 받았을 때, "내가 틀렸고 당신이 옳다는 사실을 알려 줘서 너무 고마워요. 이제야 알았네요. 당신 정말 대단하군요!" 이렇게 반응했던 적이 한 번이라도 있었나요? 아니면 반대로 당신이 옳고 상대가 틀렸다는 것을 지적했을 때, 그 사람이 당신에게 감사해하거나 당신의 의견에 전적으로 동의한 적이 있었나요?

당연히 그런 일은 일어나지 않았을 겁니다! 사실, 지적받는 것을 좋아하는 사람은 아무도 없습니다. 우리 모두 자신의 입장을 다른 사람으로부터 존중받고 이해받길 원합니다. 우리의 말을 다른 사람들이 진지하게 듣고 이해해 주기를 바라는 것은, 인간이 가진 가장 큰 욕망 가운데 하나죠. 남의 이야기를 잘 들어 주는 사람이 가장 사랑받고 존경받습니다. 사람들은 지적하는 버릇이 몸에 밴 사람을 싫어하거나 피하곤 하죠.

자신이 옳음을 주장하는 게 언제나 적절하지 않다는 뜻은 아닙니다. 정말 그런 주장이 필요할 때도 있죠. 예를 들어 인종차별적인 발언을 들었을 때처럼 절대 물러설 수 없는 경우도 있습니다. 그럴 때는 자신의 생각을 분명하게 이야기해야 합니다. 하지만 자신이 옳다는 것을 입증하고 싶고, 그래야만 할 필요가 있는 것처럼 느끼는 이유는 단지 에고의 작용에 불과하며 그로 인해 평화로운 관계를 망치게 되기도 하지요.

남을 고치려고 들지 마세요. 쉽지는 않더라도 노력할 가치가 충분한 훈련입니다. 누군가가 "내 생각엔 이게 정말 중요한 것 같아요"라고 말할 때, "아니, 나는 이게 더 중요한 것 같은데요?"라고 불쑥 끼어들거나, 수백 가지 대화술로 남을 굴복시키려는 마음을 내려놓고, 그냥 그 사람이 말하도록 내버려두세요. 그러면 주변 사람들은 덜 방어적이고 더 다정하게 변할 겁니다. 또한 왜 그런지 정확한 이유를 모르면서도 당신에게 감사하게 될 겁니다. 당신은 함께하는 기쁨과 다른 사람들의 행복을 지켜보는 즐거움을 알게 될 거예요. 이게 자존심 싸움보다 훨씬 유익하지요.

당신이 정말 중요하게 생각하는 철학적인 입장이나 의견

을 버릴 필요는 없습니다. 하지만 그 외에, '대개는 다른 사람
이 옳다'고 인정해 주는 일을 오늘부터 당장 실천해 보세요!

13.
인내심을
길러 봐요

Become More Patient

인내심은 평온하고 다정한 사람이 되고자 하는 당신의 목표에 보다 가까이 다가갈 수 있게 해 줍니다. 인내심이 깊어질수록, 원하는 모습을 고집하기보다 있는 그대로의 모습을 받아들일 수 있게 됩니다. 인내심이 없다면 삶은 좌절에 가까워질 수밖에 없습니다. 쉽게 화가 나고, 기분이 상하고, 짜증이 나겠지요. 인내심을 갖게 되면 삶을 좀 더 편안히 받아들일 수 있습니다. 인내심은 내면의 평화를 이루는 필수 요소인 것이죠.

참고 인내한다는 것은, 비록 지금의 상황이 마음에 들지 않더라도 받아들이는 겁니다. 예컨대, 교통 체증 때문에 약속시

100년 뒤 우리는 이 세상에 없어요

간에 늦을 수밖에 없는 상황이라고 하죠. 이때 그 상황을 받아들인다는 것은, 안 좋은 생각이 눈덩이처럼 커져서 통제 불가능한 상태가 되기 전에 잠시 멈춰서 여유를 갖도록 스스로를 응원한다는 뜻입니다. 크게 심호흡을 할 기회를 자신에게 부여하고, 삶에서 일어나는 일이 모두 '사소한 것'이며 그렇게 야단법석을 떨 필요가 없다는 사실을 재차 상기시켜 주는 거죠.

인내심은 또한 다른 사람들로부터 순수함을 발견할 수 있게 해 줍니다. 저와 제 아내에게는 네 살과 일곱 살인 두 아이가 있습니다. 이 책을 쓰는 동안 네 살배기 딸은 자주 작업실로 들어와 글 쓰는 걸 방해하곤 했죠. 작가에게는 성가신 일이지만, 저는 딸아이의 방해로 인해 생기는 부정적 결과보다 아이의 행동에 담긴 순수함에 초점을 맞춰야 한다는 걸 배웠습니다.

이를테면 기한 내에 일을 끝내지 못한다거나, 떠오른 생각을 놓친다거나 하는 부정적 결과에는 아예 신경 쓰지 않는 것이죠. 딸아이가 제 작업실로 들어온 이유는 저를 사랑하기 때문이지, 제 일을 엉망으로 망쳐 놓으려는 음모를 꾸몄기 때문은 아니니까요.

아이의 행동이 가진 순수한 동기에 초점을 맞추니 곧바로 제게 인내심이 솟아나더군요. 그리고 온 관심을 바로 그 '순간'

에 완전히 집중할 수 있었습니다. 짜증은커녕, 이렇게 아름다운 딸들이 있어 내가 얼마나 행복한지를 다시 한 번 떠올리게 됐고요. 우리가 다른 사람을 대할 때 그 사람을 충분히 깊숙이 들여다본다면, 그의 순수한 동기를 발견할 수 있습니다. 심지어 좌절과 절망을 느낄 만한 상황이라도 말이죠.

이 방법을 한번 시도해 보세요. 인내심이 깊어지고, 보다 평온한 존재가 된 자신을 발견하게 될 겁니다. 예전이라면 좌절에 빠질 수도 있을 법한 많은 순간을, 어느새 즐기고 있는 자기 자신을 말이에요.

14.
'무조건 참는 시간'을
가져 봐요

Create "Patience Practice Periods"

인내심은 연습하면 크게 키울 수 있는 마음의 덕목입니다. 제가 인내심을 강화하기 위해 노력하며 발견한 효과적인 방법 하나는, 실제로 '인내심을 연습하는 시간'을 따로 정하는 것입니다. 삶 자체를 곧 강의실로 삼아, 정해진 시간 동안 인내의 기술을 갈고닦는 거지요.

처음에는 5분 정도로 짧게 시작해도 됩니다. 시간이 흐를수록 자신의 능력에 따라 시간을 늘릴 수 있습니다. 먼저 자신에게 이렇게 말하는 것으로 시작합니다. "좋아, 이제 앞으로 5분 동안 그 어떤 일에도 짜증을 내지 않을 거야. 인내심을 발휘해 보자."

인내심을 발휘하겠다는 의지는, 특히 짧은 시간 동안만 참으면 된다는 생각만으로도 즉각 인내력을 강화시킵니다. 인내심은 성공에 이르게 하는 매우 특별한 덕목이지요. 5분 동안은 누가 뭐래도 참겠다는 목표를 일단 이뤄 낸다면, 당신은 자신이 더 긴 시간도 인내할 수 있는 사람이라는 사실을 자각하기 시작할 것이고, 그렇게 시간이 흐를수록 점점 더 인내심이 강한 사람이 되어 갈 겁니다.

저는 어린 자녀들을 두고 있기에 인내의 기술을 연습할 기회가 수없이 많습니다. 예를 들면, 중요한 전화를 걸려고 하는데 두 딸이 제게 질문 공세를 던지는 거죠. 저는 그럴 때 스스로에게 이렇게 말합니다.

"지금은 인내심을 훈련할 수 있는 최고의 시간이야. 앞으로 30분 동안 가능한 최대한 인내심을 발휘하도록 노력해 보자."

이렇게 열심히 노력한 결과, 이제 저는 30분을 너끈히 견뎌 낼 수 있게 되었습니다!

농담이 아닙니다. 이런 연습은 분명 효과가 있습니다. 우리 가족끼리도 효과를 발휘합니다. 제가 화나 짜증을 내지 않고 침착함을 유지하기 때문에, 흥분 상태일 때에 비하면 아이들의 행동을 훨씬 효과적으로 통제할 수 있습니다.

인내심을 발휘하겠다고 마음을 다잡는 단순한 결심만으

로, 화를 내는 것에 비해 훨씬 더 지금 이 순간에 충실할 수 있게 됩니다. 예전에는 그런 상황이 발생할 때마다 항상 저 자신만 희생자라는 생각이 들었거든요. 더 좋은 것은, 제 인내심에 전염성이 있어서 아이들에게도 잘 옮아간다는 점입니다. 결국 아빠를 귀찮게 하는 데 흥미를 잃고 아이들 스스로 그만두겠다고 마음먹게 만들죠.

인내심은 이렇게 올바른 관점을 갖게 합니다. 현재의 제가 그렇듯이, 당장에 '죽느냐 사느냐' 하는 심각한 문제가 아니라 그저 헤쳐 나가면 되는 장애물 앞에 서 있다는 걸 느끼게 해주거든요.

만약 인내하는 마음이 없다면 똑같은 상황에서도 고함을 지르고, 마음이 상하고, 혈압이 치솟는 긴급사태로 번지기 십상입니다. 결코 상황을 그렇게 악화시킬 필요가 없는데도 말이죠. 눈앞의 문제가 자녀든, 직장 상사든, 아니면 까다로운 인간관계나 상황이든, '사소한 것에 목숨 걸기'를 원치 않는다면 인내심을 키우는 것만큼 훌륭한 출발점은 없을 겁니다.

15.
먼저 손을
내밀어 보세요

Be the First One to Act Loving or Reach Out

언쟁, 오해, 성장 과정, 혹은 고통스러운 사고 등으로 비롯된 작은 분노에 집착하는 사람들이 많죠. 우리는 상대가 먼저 손을 내밀 때까지 고집스럽게 기다립니다. 상대가 먼저 손을 내밀어야 그들을 용서할 수 있고, 관계가 회복될 수 있다고 굳게 믿으면서요.

제가 아는 사람 중에 건강이 그다지 좋지 않은 여성이 한 사람 있는데, 그녀는 아들과 거의 3년 동안 대화를 하지 않고 있다고 하더군요. 그 이유를 물어보니 며느리 때문에 논쟁이 있었는데, 아들이 먼저 전화를 걸어 오지 않으면 결코 말을 하지 않을 거라고 했습니다.

먼저 화해의 손길을 내밀어 보라고 제안했지만, 그녀는 대뜸 고집을 부렸습니다. "절대로 그렇게 할 수 없어요. 사과를 해야 하는 건 아들이라고요." 하나뿐인 아들이지만, 자기가 정말 죽기 전에는 절대 먼저 손을 내밀지 않겠다고 마음먹고 있었습니다. 하지만 저의 부드러운 격려를 얼마간 받은 끝에, 마침내 그녀는 먼저 연락하기로 결심하게 됐죠. 놀랍게도 아들은 먼저 전화를 걸어 준 어머니에게 감사하며 자신의 잘못에 대해 사과했습니다. 이처럼 누군가 먼저 화해의 손길을 내밀어야 모두가 행복한 상황이 가능해집니다.

분노에 집착할 때, 우리 마음속의 '사소한 일'은 엄청나게 '심각한 일'로 바뀝니다. 그리고 우리의 행복보다 우리의 입장이 훨씬 더 중요해져 버립니다. 하지만 이건 잘못입니다. 평온한 사람이 되기 원한다면, 자신이 옳다는 걸 증명하는 일이 행복보다 결코 중요하지 않다는 점을 반드시 이해해야 합니다. 행복해지는 길은 분노를 내려놓고 먼저 손을 내미는 것입니다.

자신이 옳다고 말하는 다른 사람들을 그냥 인정해 버리세요. 그렇다고 당신이 '틀린 사람'이 되지는 않습니다. 다른 이들에게 '옳은 사람'을 양보한 대가로, 당신은 집착을 내려놓고 평안을 경험하게 될 겁니다.

먼저 손을 내밀고 상대방이 옳다고 인정해 준다면, 상대가 당신을 덜 방어적으로, 또 더 다정하게 대하는 모습을 발견할 수 있을 겁니다. 오히려 나보다 상대방이 더 노력하고 있구나, 새삼 깨닫게 될 수도 있을 테고요. 하지만 어떤 이유에서든 상대가 노력하지 않는 것 같더라도 괜찮습니다. 좀 더 사랑이 넘치는 세상을 만들기 위해 자신의 역할을 다했다는 사실만으로도, 당신은 내면의 만족감을 얻을 수 있습니다.

그리고 그 결과 분명한 건 하나 있습니다. 바로 당신이 보다 평온한 사람이 된다는 사실이지요!

16.
과연 이 일이
1년 후에도 중요할지 물어봐요

Ask Yourself the Question,
"Will This Matter a Year from Now?"

거의 매일 저는 저 자신과 '시간 이동'이라는 게임을 합니다. 이 게임을 하게 된 이유는, 지금 내가 하고 있는 일이 대단히 중요하다는 제 믿음이 잘못이라는 걸 깨닫게 됐기 때문이지요.

이 게임은 매우 간단합니다. 그저 지금 다루고 있는 어떤 상황이, 지금이 아니라 1년 후에 일어나고 있다고 상상해 보는 거죠. 그다음 자신에게 물어보는 겁니다.

"이 상황이 정말로 내 생각처럼 중요한 일일까?"

매우 드물게, 정말로 중요한 경우도 있겠지만, 대부분은 그렇지 않습니다. 전체 인생으로 보면 큰 영향이 없는 자잘한 사건 하나에 지나지 않을 겁니다. 이 단순한 게임으로 모든 문제를 다 해결할 수는 없지만, 삶을 올바르게 바라보는 관점은 충분히 제공받을 수 있습니다.

한때 너무나 심각하게 받아들이곤 했던 일들을, 이제는 가볍게 웃으며 대하는 제 모습을 발견합니다. 그리고 지금은 그런 일들에 분노하거나 압도당한 채 에너지를 낭비하는 대신, 그 시간을 아내와 아이들과 함께 보내거나 창의적인 생각을 하는 데 사용하고 있지요.

17.

인생은 어차피
공평하지 않다고 받아들여요

Surrender to the Fact that Life Isn't Fair

인생의 불공평함에 대해 대화를 하던 중, 친구가 제게 물었습니다.

"애초에 인생이 공평한 거라고, 혹은 공평해질 거라고 말한 사람이 있기는 했어?"

훌륭한 질문이었습니다. 덕분에 어렸을 때 들었던, "인생은 공평하지 않다"라는 말이 떠오르더군요. 실망스럽지만, 절대적으로 맞는 말입니다. 그런데 역설적으로, 이 냉정한 사실을 인정할 때 우리는 자유로 향하는 통찰을 얻을 수 있지요.

우리가 저지르는 많은 실수 가운데 하나는, 인생은 공평해야만 한다고 생각하거나, 언젠가는 공평해질 거라고 기대하며 자신 또는 타인에 대한 연민에 빠지는 것입니다. 인생은 공평하지도, 앞으로 공평해지지도 않을 텐데도 말이죠. 이런 실수 때문에 우리는 삶의 이런저런 문제들에 대해 불평을 늘어놓으며 시간을 허비합니다. 인생이란 절대로 공평해질 수 없다는 진리를 외면한 채 그저 '불공평은 공평하지 못하다'는 하나 마나 한 한탄만 늘어놓는 거죠.

인생은 공평하지 않다는 사실을 인정할 때의 장점은, 자기 연민에 빠지는 대신 현 상황에 대해 최선을 다할 수 있다는 것입니다. 삶은 우리에게 모든 것을 완벽하게 하라고 요구하지 않습니다. 그건 그냥 우리가 스스로 택한 도전일 뿐입니다. 이 사실을 받아들이면 우리는 타인에 대해서도 연민을 느끼지 않을 수 있습니다. 왜냐하면 사람에게는 저마다 각기 다른 문제가 있고, 동시에 그것을 해결할 수 있는 힘과 능력도 가지고 있다는 생각과 연결되기 때문이죠.

이 통찰 덕분에 저는 두 아이를 키우면서 직면했던 문제들, 누구를 돕고 누구를 돕지 않을지 정해야 하는 선택의 문제들, 또 내가 희생양이 되었거나 부당한 대우를 받았다고 느낄 때 겪는 마음의 고통에 잘 대처할 수 있었습니다. 늘 다시 정신을 차리고 현실감각을 갖게 해 줬으며, 정상적인 상태로 돌아올 수 있게 해 줬죠.

인생이 공평하지 않다고 해서, 우리가 자신과 세상을 더 좋게 만들기 위해 할 수 있는 일을 마다해야 한다는 의미는 아닙니다. 오히려 그 반대죠. 우리가 최선을 다해야 하는 이유인 겁니다.

삶이 불공평하다는 것을 알아차리지 못하거나 인정하지 않을 때, 우리는 자신과 타인에 대한 연민에 빠지게 됩니다. 연민은 누구에게도 도움이 되지 않는, 패배로 이끄는 감정일 뿐이죠. 그리고 이미 힘겨워하는 사람들을 더욱 힘들게 만들 뿐입니다. 하지만 삶이 공평하지 않다는 것을 인정하면, 자신과 타인에게 공감할 수 있게 됩니다. 누군가에게 공감할 수 있다면, 그 사람을 다정하고 친절하게 대하게 될 겁니다.

다음번에 세상이 불공평하다는 생각이 든다면, 무엇이 사실인지 곰곰이 생각해 보기 바랍니다. 그런 생각만으로도 자기연민에서 빠져나와, 실질적으로 도움이 되는 행동에 나서는 자신을 발견하고는 놀라게 될 겁니다.

18.
자신에게
지루함을 허락하세요

Allow Yourself to Be Bored

사람들의 삶은 일거리는 말할 것도 없고, 너무나 많은 자극에 둘러싸여 있습니다. 이제는 단 몇 분조차도 가만히 앉아서 아무 일도 하지 않으며 긴장을 푸는 것이 거의 불가능하게 됐죠. 친구 중 한 명이 이런 말을 하더군요.

"이제 '존재하는 인간(human beings)'이 아니라 '뭔가 하는 인간(human doings)'이라고 부르는 게 맞겠어."

때로 무료함이 정말 유익하다는 생각을 처음 하게 된 곳은, 어느 치료전문가와 함께 공부했던 워싱턴 주의 한 마을이었습니다. 정말 '할 일'이라고 할 만한 게 없을 정도로 아주 작은 마을이었죠.

첫째 날 일정을 끝내고 난 뒤 저는 선생님께 물었습니다.

"여기서는 밤에 뭘 해야 할까요?"

"그냥 무료하게 지내는 걸 추천하지. 아무것도 하지 말라는 걸세. 이것도 훈련의 한 부분이라네."

처음에 저는 농담인 줄 알았습니다!

"지루함을 선택하라고요? 도대체 왜요?"

그분은 설명을 이었습니다. 만약 한 시간만이라도 심심하지 않으려고 발버둥 치지 않는다면, 지루함이 평온함으로 바뀌게 될 거라고요. 그 정도의 연습만으로도 휴식하는 법을 배울 수 있을 거라고 하더군요.

정말 놀랍게도 그 말은 완벽히 옳았습니다. 처음에는 심심함을 참기가 무척 어려웠죠. 저는 늘 무엇이든 하고 있는 상태에 익숙했던 터라 느긋하게 있으려는 노력은 거의 몸부림에 가까웠습니다. 그러나 시간이 조금 흐른 뒤엔 무료함에 익숙해지게 됐고, 점차 즐기는 경지에 다가설 수 있었습니다.

그렇다고 빈둥거리거나 게으르게 시간을 보내라는 말은 아닙니다. 하루에 몇 분만이라도 구태여 뭔가를 하려고 들기보다는 그냥 존재하면서 마음의 긴장을 푸는 기술을 이야기하는 겁니다. 의식적으로 아무것도 하지 않는 것 외에 달리 특별한 기술이 필요치 않지요. 그냥 조용히 앉아서, 창밖을 바라보며 자신의 생각과 감정의 움직임을 따라가기만 하면 됩니다. 처음에는 약간 불안할 수도 있지만, 하루하루 지나면서 점점 편안함을 느끼게 될 겁니다.

우리의 걱정과 내면의 몸부림은 늘 바쁘고 과도하게 반응하는 마음에서 비롯됩니다. 마음은 늘 뭔가 집중할 대상, 신경 쓸 대상을 필요로 합니다. 그리고 늘 "다음엔 뭐가 올까?"를 궁금해하지요. 저녁 식사를 하는 동안에는 디저트로 뭐가 나올지를 궁금해합니다. 그리고 디저트를 먹는 동안에는 식당을 나선 다음 뭘 할지 생각하지요. 그렇게 저녁을 보내고 난 뒤에는 주말엔 뭘 할까를 고민하고요. 외출했다가 집에 돌아오면 즉시 TV를 켜거나 전화기를 집어 듭니다. 책을 읽거나 청소를 시작하기도 하죠. 단 1분이라도 뭔가 할 일이 없다는 생각이 들면 두려움이 나를 잡아먹을 것만 같습니다.

'할 일 없음'의 장점은, 마음을 심플하게 정돈하고 휴식을 취할 여유를 준다는 것입니다. 잠시 당신의 마음에 '몰라도 되는 자유'를 허락하세요. 몸과 마찬가지로 당신의 마음에도 바쁜 일상으로부터의 휴식이 필요합니다. 마음에 휴식을 허락할 때 당신은 더욱 강하고 예리해질 것이며, 집중력과 창의력이 높아진 자신을 경험하게 될 겁니다.

자신에게 지루한 상태로 있어도 된다고 허락할 때, 당신은 매일 매 순간 반드시 무슨 일이든 하고 있어야 한다는 압박감을 털어낼 수 있습니다. 제 딸아이가 와서 "아빠, 심심해요"라고 하면 저는 "잘됐구나! 잠시 그렇게 있어 보렴" 하고 대답해 줍니다. 이런 일이 반복되니, 아이들은 이제 아예 아빠가 자신들의 심심함을 해결해 줄 거라는 기대를 하지 않더라고요.

아마 누군가로부터 "심심한 채로 그냥 있어 보세요"라는 조언을 들을 줄, 당신은 절대 상상조차 해 보지 못했을 겁니다. 하지만 모든 일에는, 늘 처음이 있게 마련이잖아요?

19.
스트레스를
지나치게 참지 말아요

Lower Your Tolerance to Stress

스트레스에 관한 한 우리 사회는 오히려 뒤로 가고 있는 것 같습니다. 엄청난 스트레스와 어깨를 짓누르는 압박감을 견디는 사람들을 훌륭하게 생각하는 경향을 보이거든요. 우리는 "난 진짜 열심히 일하고 있어"라든가 "스트레스가 장난이 아니야"라는 말을 하는 사람을 대단하게 여기고, 심지어 본받아야 한다고 배우기까지 했습니다.

스트레스 상담가로 일하면서, "저는 스트레스에 대한 내성이 굉장히 강해요"라고 자랑스럽게 말하는 사람들을 거의 매일 만납니다. 엄청난 스트레스를 견디며 사는 이들이 제 사무실을 찾아와서 맨 처음 배우길 원하는 것이, 더 많은 일을 할

100년 뒤 우리는 이 세상에 없어요

수 있도록 더 심한 스트레스를 견디는 내성을 키우는 법이라
는 사실이 이제는 그리 놀랍지 않을 지경입니다.

다행히도, 우리의 감정 영역에는 바꿀 수 없는 법칙이 한
가지 있습니다. 그것은 바로 '현재 우리가 겪고 있는 스트레
스 강도는 우리가 스트레스에 대해 가진 내성의 강도와 정확
히 똑같다'는 것입니다. "나는 많은 스트레스를 견딜 수 있어"
라고 말하는 사람들은 언제나 엄청난 스트레스를 받는 모습
을 쉽게 볼 수 있지요. 그렇기 때문에, 만약 스트레스를 견디
는 힘을 키운다면 삶은 분명히 더 큰 스트레스를 견뎌야 하는
상황으로 바뀌게 될 겁니다! 스트레스의 강도가 견딜 수 없는
정도에 이를 때까지 혼란과 책임을 계속 받아들이기 때문인
거죠.

스트레스가 가득한 사람들은 대개, 배우자가 떠나 버린다
든지, 건강에 문제가 생긴다든지, 아니면 심각한 중독에 빠진
다든지 하는 치명적인 문제가 발생해 충격에 빠진 후에야 새
로운 해결책을 모색합니다. 그전까지는 자신들이 얼마나 말
도 안 되는 상황을 감내하고 있는지 생각조차 하지 못하지요.

소위 스트레스 관리 프로그램이라는 곳에서 사람들은 스
트레스에 대한 내성을 키우는 법을 배웁니다. 뭔가 이상하지
않나요? 하지만 심지어 그 방법을 가르치는 강사조차도 스트

레스를 받으며 살고 있지요!

당신이 가장 먼저 할 일은 통제 불능 상태가 되기 전에 자신이 받는 스트레스를 빨리 알아차리는 것입니다. 마음이 너무 조급히 움직인다고 느껴진다면, 바로 그때가 한 걸음 뒤로 물러서서 자세를 다시 바로잡을 때인 겁니다.

일정 관리가 불가능해지고 할 일 목록 때문에 짜증이 난다면, 소매를 걷어붙이고 일에 달려들기보다는 마음속으로 몇 번 심호흡을 하면서 잠깐이나마 산책하는 편이 더 좋습니다. 스트레스가 통제 불능의 상태에 빠지기 전에 먼저 자신의 상태를 알아차린다면, 마치 언덕 아래로 굴러 내려가는 눈덩이와 비슷해 보일 겁니다. 눈덩이 크기가 작을 때는 통제하기가 쉽죠. 하지만 구르는 힘에 가속도가 붙으면 눈덩이를 멈추기란 불가능해지고 맙니다.

모든 일을 다 해내지 못할까 봐 걱정할 필요는 없습니다. 마음이 정돈되고 평화로워지면 스트레스는 줄어들고, 그러면 더 효과적으로 즐겁게 일할 수 있게 되니까요. 스트레스를 견디려는 노력 자체를 줄일 때, 스트레스가 훨씬 줄어듦을 깨닫게 될 것이고, 남은 스트레스를 다룰 창의적인 아이디어도 떠오를 겁니다.

20.
일주일에 한 번은
진심 어린 편지를 써 보세요

Once a Week, Write a Heartfelt Letter

　이 훈련법은 사람들이 더 평화롭고 친절한 존재가 되도록 도움으로써 많은 이들의 삶을 바꿔 왔습니다. 매주 몇 분 정도 시간을 내어 진심에서 우러난 편지를 써 보면 당신에게 큰 도움이 될 겁니다. 펜이나 키보드를 이용해 편지를 쓰면 삶을 함께하는 아름다운 사람들을 떠올릴 시간을 가질 수 있으니까요. 자리에 앉아 글을 쓰는 행위는 당신의 인생을 감사의 마음으로 채우도록 도와줍니다.

　일단 이 훈련에 참여하기로 마음먹는다면, 너무 많은 사람들이 떠오른다는 사실에 놀랄 겁니다. 제 고객 가운데는 이런 말을 하는 분도 있었습니다.

"감사 편지를 쓸 사람들이 너무 많아서, 편지를 다 쓰려면 몇 주 가지고는 어림도 없을 것 같네요."

당신에게도 해당되는 말일 수도, 아닐 수도 있겠죠. 하지만 당신이 지나온 과거의 시간 속에는 분명 당신의 진심 어린 편지를 받을 만한 사람들이 존재할 겁니다. 설령 편지를 전하고 싶은 대상이 당장은 없다고 해도, 개인적으로 모르는 누군가를 향해 편지를 쓰면 됩니다.

예를 들면, 이미 고인(故人)이 되었지만 당신이 정말 존경하는 작가나, 과거에 존재했거나 현존하는 발명가나 사상가에게 편지를 쓸 수도 있는 거죠. 이런 편지 쓰기의 가치는 당신으로 하여금 감사의 마음을 갖게 한다는 겁니다. 비록 부치지 않는 편지일지언정, 편지를 쓴다는 행위 자체가 효력을 발휘하지요.

편지를 쓰는 목적은 매우 단순합니다. 바로 사랑과 감사를 표현하는 것이죠. 편지 쓰기가 서툴러도 걱정하지 마세요. 편지 쓰기란 머리를 쥐어짜서 좋은 글을 써내는 경쟁이 아니라 마음으로부터 선물을 보내는 일입니다. 만약 쓸 말이 별로 없다면, 다음을 참고해 보세요.

친애하는 재스민

오늘 아침 눈을 뜨면서, 당신이 내 인생에 함께해 줘서 내가 정말 행운아라는 생각이 들었어요. 내 친구가 되어 줘서 정말로 고마워요. 당신을 진심으로 축복하며, 삶에서 경험할 수 있는 모든 행복과 기쁨이 당신에게 충만하길 소망합니다.

사랑을 담아, 리처드

이런 짧은 편지만으로도 당신은 인생에서 정말 중요한 것이 무엇인지 생각할 수 있을 뿐 아니라, 장담컨대 그 편지를 받는 사람에게도 깊은 감동과 감사의 마음을 전할 수 있을 겁니다.

그리고 종종 연쇄적인 사랑으로 퍼져 나가기도 합니다. 당신에게서 편지를 받은 사람 역시 다른 누군가에게 편지를 쓰겠다고 결심하거나, 주변 사람들에게 더욱 다정한 마음을 갖게 될 테니까요.

이번 주엔 당신이 처음으로 감사의 편지를 써 보세요. 그것만으로도 기쁨이 가득해지리라고 저는 확신합니다.

21.
자신의 장례식을
상상해 봐요

Imagine Yourself at Your Own Funeral

어떤 이에게는 좀 섬뜩하게 들릴지도 모르지만, 보편적으로 인생에서 정말로 중요한 것이 무엇인지를 상기시키는 데는 아주 효과적인 전략입니다.

살아온 일생을 되돌아볼 때, 불안해하고 걱정하며 보낸 시간들을 기쁘게 여길 사람이 과연 몇 명이나 있을까요? 이제 죽음의 시간이 다가오는 것을 바라보며 침대에 누워 있을 때, 거의 모든 이들이 자기 삶의 우선순위를 잘못 정했었다며 후회합니다.

거의 예외 없이, 사소한 것에 그렇게 목숨 걸지 말았어야 했다고, 그 대신 자신이 진정으로 사랑했던 사람들과 더 많은

100년 뒤 우리는 이 세상에 없어요

시간을 보내고 좋아하는 활동을 더 많이 해야 했다고 후회하지요. 조금만 더 깊이 들여다본다면, 우리가 가진 인생의 걱정거리들은 사실 그렇게 중요한 일이 아니라는 걸 알 수 있을 겁니다. 따라서 자신의 장례식을 상상하는 일은 지나온 삶을 돌아보게 하고, 아직 시간이 남아 있을 때 자신의 인생에 꼭 필요한 변화를 결단하게 합니다.

조금은 두렵고 고통스러울 수도 있겠지만, 자신의 죽음을 생각해 보고, 그 과정에서 지나온 삶을 돌아보는 것은 좋은 아이디어입니다. 그럼으로써 우리는 자신이 진정 어떤 사람이 되기를 원했는지 다시 떠올릴 수 있고, 가장 중요한 것으로 삶의 우선순위를 다시 정할 수 있죠. 저와 마찬가지로 당신도 이 연습을 통해 인생을 바꿀 계기를 마련할 수 있을 겁니다.

22.
삶은 비상사태가
아니에요

Repeat to Yourself, "Life Isn't an Emergency"

어떤 면에서 보자면, 이 말에는 이 책에서 전하고자 하는
내용의 핵심이 담겨 있습니다. 비록 대부분의 사람들은 반대
로 생각할지 모르지만, 진실은 우리 삶이 '비상사태'가 아니라
는 겁니다.

지난 몇 년간 저는 수백 명의 고객들을 만났습니다. 그들
은 늘 인생이 비상사태라고, 응급상황이라고 여겼기에 가족
과 자신의 꿈을 완전히 방치한 채 살아왔지요. 이들은 일주일
에 80시간을 일하지 않으면 할 일을 다 못 끝낸다고 믿으며 신
경질적인 행동을 합리화합니다. 저는 그들에게 상기시키곤
했습니다. 당신이 죽는 순간조차도 '받은 편지함'은 결코 비워

지지 않을 것이라는 사실을 말입니다.

최근에 주부이자 세 아이의 어머니인 한 고객이 저에게 이렇게 말했습니다. "아침에 가족들이 집을 다 나가기 전에는 결코 내가 원하는 만큼 집을 깨끗하게 정리할 수가 없어요." 완벽하지 못한 자신에게 너무 화가 나서 의사가 항불안제를 처방해 줘야 할 정도였습니다. 마치 저격수가 자신의 머리에 총을 겨누고는 당장 모든 접시를 정리하고 수건을 개어 놓지 않으면 총을 쏘겠다고 위협하기라도 하는 듯한 느낌이 들었다는 겁니다! 그녀를 그렇게 만든 것은 역시나 '지금은 비상사태'라는 그 생각이었습니다. 하지만 사실 그 누구도 그녀에게 그런 압박감을 준 사람은 없었죠.

지금까지 저는 사소한 일을 비상사태로 만들었던 경험이 한 번도 없는 사람은 만나본 적 없습니다. 저 자신도 예외가 아닙니다. 우리는 목표를 너무 심각하게 받아들인 나머지, 그 목표를 이루는 과정을 즐기는 법, 잠시 여유를 갖는 법을 잊고 말지요. 단지 좀 더 끌리는 목표를 정해 두고 그 목표를 달성해야만 행복해질 수 있다고 여깁니다. 그러다 자신이 정한 마감일을 지키지 못하는 경우엔 심한 자책에 빠지기도 하지요.

더 평온한 사람이 되기 위한 첫걸음은, 비상사태를 만드는 범인은 대개 자기 자신이라는 사실을 인정하는 겁니다. 일이 계획대로 진행되지 않아도 삶은 계속됩니다. "삶은 비상사태가 아니다"라고 자신에게 반복해서 얘기해 보세요. 분명 도움이 될 겁니다.

23.
어려운 문제는 잠시
마음속에 담아 두어도 좋아요

Experiment with Your Back Burner

어떤 사실을 반드시 기억해야 한다든가 통찰력이 필요한 순간이라면, 그 대상을 잠시 마음속에 머물게 하는 것이 훌륭한 방법입니다. 스트레스를 받는 상황에서, 거의 아무런 노력도 하지 않으면서 생각이 효과적으로 작동하게 하는 방법이기도 하지요. 마음속에 잠시 그냥 둔다는 것은, 당신이 어떤 일을 하느라 바쁜 와중에 당신의 생각이 그 문제를 홀로 해결할 수 있도록 놔둔다는 뜻입니다.

당신의 생각 속에는 대개 가스레인지 뒤편에 있는, 화력이 다소 약한 화구(火口)처럼 작동하는 부분이 있습니다. 약한 불로 음식을 조리하는 이유는 재료를 충분히 끓여서 섞이게 하고 익히려는 거죠. 다양한 재료를 냄비에 넣은 다음, 불 위에 얹은 채 그냥 두면 됩니다. 자꾸 뚜껑을 열어 확인하기보다는 그냥 내버려 둬야 더 맛있는 요리가 될 확률이 커지지요.

마찬가지로 우리는 가볍거나 심각한 삶의 문제들 역시 마음속에 잠시 내버려 둠으로써 해결할 수 있습니다. 문제와 사실, 여러 변수와 가능한 해결책들이 그 속에서 섞이고 익혀져, 마침내 쉽게 풀리는 경험을 하게 될 겁니다. 수프나 소스를 만들 때처럼 마음속에 넣어 둔 생각과 아이디어가 충분히 익도록 그냥 내버려 두세요.

어떤 문제를 해결하기 위해 애쓸 때나 누군가의 이름이 떠오르지 않아 끙끙댈 때도, 마음속에 잠시 그냥 두는 전략이 늘 도움이 될 겁니다. 고요하고 부드러우며 때로는 가장 지혜로운 생각의 원천을 통해 당장 풀리지 않는 문제에 대한 해결책이 떠오를 수 있는 거죠.

마음속에 잠시 내버려 두라고 해서 사실을 부정하라거나 늦장을 부리라는 말이 아닙니다. 문젯거리를 마음속에 잠시 그냥 놓아둔다고 해서 완전히 잊고 해결하지 않겠다는 건 아닌 거죠. 다만 적극적으로 대들기보다는 좀 더 부드럽게 대응하라는 뜻입니다. 이 간단한 기술로 당신은 여러 문제를 해결하고 스트레스와 노력을 줄일 수 있을 겁니다.

100년 뒤 우리는 이 세상에 없어요

24.
매일 고마움을 전할 사람을 찾아보세요

Spend a Moment Every Day Thinking of Someone to Thank

이 간단한 전략은 실행하는 데 몇 분이 채 걸리지 않지만, 제가 오랫동안 지켜 온 가장 중요한 습관 가운데 하나입니다. 저는 매일 아침 감사할 누군가를 떠올리며 하루를 시작합니다. 감사하는 마음과 내면의 평화는 밀접히 연관돼 있지요. 내 삶에 주어진 선물 같은 존재들에게 진심으로 고마워할 때 저는 마음의 평온이 더 깊어짐을 느낍니다. 그러니 충분히 연습할 만한 가치가 있는 일이죠.

저와 마찬가지로 당신 또한 살면서 감사를 전하고 싶은 사람들이 많을 겁니다. 친구, 가족, 과거의 인연들, 선생님들, 정신적 지도자들, 직장 동료들, 삶의 안식이 되어 주는 사람들…

수많은 이들이 있겠지요. 삶이라는 선물을 준 절대자나 자연의 아름다움에 고마움을 표시하고 싶을 수도 있을 테고요.

저는 마음이 온갖 형태의 부정적인 생각에 빠지기가 얼마나 쉬운지를 오래전에 깨달았습니다. 그렇게 부정적인 생각에 빠질 때, 가장 먼저 잃어버리기 쉬운 게 감사의 마음입니다. 내 삶에 함께해 주는 사람들을 당연시하게 되고, 사랑은 원망과 좌절감으로 바뀌기 쉽죠.

감사하는 연습은 내 삶에 있는 좋은 것들로 초점을 맞추게 합니다. 저는 감사를 전하고 싶은 한 사람을 머릿속에 떠올리면 예외 없이 또 다른 사람이 곧장 생각납니다. 그렇게 한 사람, 한 사람씩 계속 떠오르다가 이내 삶에서 고마워해야 할 다른 대상들도 나타나지요. 내 건강, 사랑스러운 아이들, 행복한 가정, 내 직업, 내 독자들, 내가 가진 자유 등, 그 목록은 그야말로 끝이 없습니다.

아주 간단한 제안에 지나지 않는 것처럼 보일 수 있지만, 이 전략의 효과는 정말 놀랍습니다. 아침에 잠자리에서 일어나는 순간, 감사의 마음이 충만하다면 평화가 아닌 다른 감정을 느끼기란 실로 불가능할 겁니다.

25.
낯선 사람에게
미소로 인사를 건네요

Smile at Strangers, Look into Their Eyes, and Say Hello

우리가 낯선 사람들과의 눈 맞춤을 얼마나 꺼리는지 아세요? 그 이유에 대해 생각해 본 적이 있나요? 타인을 두려워하기 때문일까요? 모르는 사람들에게 마음을 열지 못하는 이유는 대체 뭘까요?

저도 이런 질문에 대한 답을 정확히 알지는 못합니다. 하지만 낯선 사람을 대하는 태도와 우리가 느끼는 행복의 수준이 언제나 상응한다는 점만은 분명 알고 있죠. 달리 표현하자면, 고개를 숙이고 얼굴을 찌푸린 채 사람들을 피해서 걸어 다니는 사람 중에서 내면에 평화와 즐거움이 가득한 사람을 발견하기란 너무 어렵다는 뜻입니다.

그렇다고 내향적인 성격보다 외향적인 성격이 더 바람직하다거나, 엄청난 에너지를 쏟아부어서라도 다른 사람들을 즐겁게 해 줘야 한다거나 친절한 척 굴어야 한다는 건 아닙니다. 그렇지만 낯선 사람들을 대할 때는 그들도 당신과 똑같다고 가정하고, 단순한 친절과 존중을 넘어 미소를 짓고 눈을 마주쳐 보세요. 그럴 때 당신 안에 상당히 멋진 변화가 일어나는 것을 알아차리게 될 것입니다.

사람들은 모두 비슷합니다. 가족이 있고, 사랑하는 사람이 있으며, 문제점도 걱정도 있죠. 좋아하는 것과 싫어하는 것, 두려워하는 것도 있습니다. 당신이 먼저 미소를 짓고 눈을 마주치며 인사를 건넨다면, 상대방이 얼마나 멋진 사람인지, 또 얼마나 감사할 줄 아는 사람인지 알게 될 겁니다.

우리가 서로 얼마나 비슷한지를 알게 되면 상대방 안에 있는 순수한 마음도 보이기 시작합니다. 비록 누군가 가끔은 일을 망치곤 할지라도, 사실은 모두들 각자 자신이 처한 환경에서 최선을 다하고 있다는 말입니다. 타인의 순수함을 인식하는 순간, 우리 마음 깊은 곳에서 내면의 평화라는 감정이 솟아오를 것입니다.

100년 뒤 우리는 이 세상에 없어요

26.
매일 홀로
침묵의 시간을 가져 보세요

Set Aside Quiet Time, Every Day

이 글을 쓰고 있는 지금은 정확히 새벽 4시 30분입니다. 하루 중 제가 가장 좋아하는 시간이지요. 아내와 아이들이 일어나거나 누군가가 걸어 오는 전화벨 소리가 울리기 전까지, 제게는 아직 한 시간 반의 여유가 남아 있습니다. 적어도 한 시간 동안은 그 누구도 제게 뭔가 해 달라고 부탁하는 일은 없을 겁니다. 밖은 완전히 고요하고, 저는 완벽한 혼자만의 시간을 즐기고 있지요. 홀로 있으면서 지난 시간을 반추하거나, 혹은 그저 고요함을 즐기는 것만으로도 마음의 평화와 활력을 얻을 수 있습니다.

제가 스트레스를 다루는 일을 시작한 지는 10년이 넘었죠.

그동안 아주 특별한 사람들도 몇몇 만났습니다. 내면의 평화를 온전히 누리는 그 사람들 중에서, 매일 잠깐이라도 자신만의 고요한 시간을 갖지 않는 사람은 한 명도 없더군요.

조용히 묵상이나 요가를 하든, 자연 속에서 잠시 시간을 보내든, 욕조 속에서 10분간 목욕을 즐기든, 혼자만의 시간은 삶에 생기를 불어넣어 줍니다. 혼자만의 시간을 가지면 우리 일상에 엄청나게 쏟아져 들어오는 소음과 혼돈으로부터 삶의 균형을 유지할 수 있지요.

개인적인 느낌이지만, 저는 나만의 고요한 시간을 보내고 나면 하루의 나머지 시간을 더 잘 관리할 수 있게 되는 것 같습니다. 그렇지 못한 날에는 그 차이가 확실히 느껴지거든요.

친구들과 함께 나누고 있는 저만의 소소한 의식이 하나 있습니다. 다른 많은 이들처럼 저도 매일 자동차로 출퇴근을 하는데요. 퇴근길 도중 집에서 멀지 않은 곳에서, 잠시 차를 길가에 세워 두는 겁니다. 집 근처에 차를 세운 뒤 1~2분 정도 경치를 즐기거나 눈을 감고 심호흡을 할 만한 멋진 장소가 있지요. 그 짧은 시간이 제게 삶의 여유와 마음의 중심과 감사하는 마음을 선사해 줍니다.

저는 나만의 시간을 가질 틈이 없다며 불평하는 사람들 수십 명에게 이 방법을 공유해 줬습니다. 예전에 그들은 집에 도착할 때까지 귀청이 터질 듯 크게 틀어 놓은 음악이나 라디오를 들으며 퇴근했다고 하더군요. 하지만 이 작은 변화 덕분에, 이제는 훨씬 더 여유로운 마음으로 현관문을 들어설 수 있게 됐다고 합니다.

27.
짜증 나는 사람을
아기나 노인이라고 상상해 봐요

Imagine the People in Your Life as Tiny Infants and
as One-Hundred-Year-Old-Adlts

　제가 이 기술을 배운 것은 거의 20년 전의 일입니다. 다른
사람 때문에 화가 치솟을 때, 그 감정을 없애는 데 효과가 좋
은 기술이죠.

　먼저 당신을 화나게 만드는 누군가를 한번 떠올려 보세요.
그런 다음 눈을 감고 그 사람이 어린 아기라고 상상하는 겁니
다. 아기의 작은 몸과 순수한 눈을 봐요. 아기에게 실수는 당
연한 거잖아요? 그리고 우리 모두 한때는 아기였고요.

　이제 시계를 100년 뒤로 돌려 봅시다. 그 사람은 죽음을 목
전에 눈 노인이 돼 있죠. 지친 눈매와 차분한 미소 너머로 과
거의 잘못을 인정할 줄 아는 지혜가 얼핏 비칩니다. 세월이 흐

르면 언젠가 우리도 살아서든 죽어서든 100살이 될 테지요.

이 기술을 다양한 방법으로 변형하여 활용할 수도 있습니다. 잘만 활용하면 그 상황에 필요한 올바른 관점을 얻고 상대에게 공감할 수 있게 될 겁니다. 더 평온하고 다정한 사람이 되려는 인생의 목표를 이루고자 한다면, 타인에 대한 부정적 생각 속에 머물러서는 안 됩니다.

28.
이해받기보다
이해하는 편을 택하세요

Seek First to Understand

　이 전략은 스티븐 코비의 《성공하는 사람들의 7가지 습관》에서 응용한 겁니다. 자신에게 만족할 줄 아는 사람, 더 성공적으로 삶을 살 줄 아는 사람이 되는 데 분명 도움이 되지요.

　그 본질을 따져 보면 '상대방을 먼저 이해하려고 노력한다'는 말에는, 다른 사람이 나를 이해하도록 만드는 것보다 내가 다른 사람을 이해하는 것이 더 중요하다는 의미가 내포돼 있습니다. 자신과 상대에게 도움이 될, 만족스럽고 질 좋은 대화를 원한다면 상대를 이해하려는 태도가 선행돼야 한다는 뜻입니다.

　상대의 입장, 그 사람이 전하려는 진의(眞意), 상대가 중요시하는 바가 무엇인지를 알아보려고 노력한다면 '먼저 이해하기'는 자연스럽게 진행됩니다. 이러면 사실상 별달리 노력하지 않아도 대화가 부드럽게 흘러갈 수 있죠. 그러나 우리 대부분이 그렇듯이, 이 과정을 반대로 진행하려고 한다면 말 앞에 마차를 두는 본말전도의 상황이 되고 맙니다. 상대를 먼저 이해하려고 하기보다 내가 먼저 이해받으려고 애쓴다면, 상대도 금방 내 의도를 알아차리게 되지요. 그럼 대화는 당연히 깨지고 서로 간의 자존심 싸움으로 흐르게 마련입니다.

결혼 후 10년 동안 재정 문제로 서로 다투느라 좌절감에 빠져 살던 한 부부를 상담한 적이 있습니다. 버는 족족 몽땅 저축하려는 아내를 남편은 이해할 수 없었고, 아내 입장에서는 돈을 헤프게 쓰는 남편이 답답했습니다. 서로의 입장을 전혀 이해하지 못했지만, 사실 이 부부가 가진 문제의 해결책은 전혀 복잡한 게 아니었습니다.

그저 둘 다 상대방으로부터 자신이 이해받는다는 느낌을 얻지 못했을 뿐이었죠. 상대방의 말을 자르지 않고 주의 깊게 듣는 방법을 배워야 했습니다. 자신의 입장을 방어하기보다 먼저 상대방을 이해하겠다는 마음가짐이 필요했고요.

저는 이들 부부에게 위와 같이 태도를 바꿔 보라고 조언했습니다. 그 결과, 남편은 아내가 자기 부모가 겪었던 재정적인 고난에 빠지지 않기 위해 돈을 모으려 한다는 사실을 알게 됐습니다. 또한 아내는 남편이 자신의 아버지처럼 가장(家長) 노릇을 잘 수행하지 못하게 될까 봐 전전긍긍한다는 것을 알 수 있었죠. 남편은 아내가 자신을 자랑스럽게 여겨주길 기대하고 있었던 겁니다.

이렇게 서로를 이해하는 과정을 거치면서 두 사람이 서로에게 느꼈던 좌절감은 어느새 공감으로 바뀌었습니다. 이제 이 부부는 소비와 저축의 균형을 잘 맞추며 살고 있지요.

상대방을 먼저 이해하려고 노력한다는 건, 누가 옳고 그르냐의 문제와는 별개입니다. 단지 효과적인 대화를 위해 필요한 철학인 거죠. 이 방법을 실천하면, 당신은 분명히 느낄 수 있을 겁니다. 당신이 상대의 말에 귀를 기울이고 이해하고 있다는 것을, 상대 또한 느끼고 있음을 말이죠. 그리고 그 결과로 더 평온하고 친밀한 관계를 맺을 수 있게 될 겁니다.

29.
남의 말을
듣는 연습을 해요

Become a Better Listener

지금보다 어렸을 때 저는 스스로 남의 말을 잘 들어 주는 편이라고 믿었습니다. 지금은, 비록 전보다는 좀 더 나아졌지만 여전히 경청의 수준이 보통에 그친다는 점을 인정하지 않을 수가 없군요.

효과적인 듣기란, 다른 사람이 이야기하는 동안 말이 끝나기도 전에 중간에 끼어드는 버릇을 고치는 것 이상의 의미를 가집니다. 정말 훌륭한 경청자라면 자신이 대답할 기회를 노리며 끼어들고 싶은 충동을 가까스로 참는 걸 넘어, 상대방의 이야기에 담긴 생각을 온전히 듣는 일에 만족할 줄 아는 사람이어야 하죠.

남의 말에 귀를 기울이지 못하는 이유는 우리가 살아가는 방식 탓일지도 모릅니다. 마치 단거리 육상경기라도 되는 듯이 대화에 임하기 때문이죠. 상대방의 말이 끝나자마자 조금의 시차도 없이 바로 자신의 말을 잇는 게 목표라도 되는 듯이 말이에요.

아내와 저는 최근에 한 카페에서 점심을 먹다가 우연히 주변 사람들의 대화를 듣게 되었습니다. 그들 중 상대방의 말에 진심으로 귀를 기울이는 사람은 한 명도 없는 듯했지요. 오히려 서로가 상대방의 말을 안 듣는 연습을 차례로 하고 있는 것만 같았습니다. 저는 제가 여전히 저런 식으로 대화하는지 아내에게 물었죠. 그러자 아내는 미소를 머금으며 "아주 가끔은…"이라고 말꼬리를 흐리더군요.

누군가와 대화할 때, 대답의 속도를 늦추고 남의 말에 좀 더 귀를 기울이는 태도는 평온한 사람이 되는 데 도움이 됩니다. 듣는 태도를 취하면 압박감이 사라집니다. 한번 생각해보세요. 거의 앞으로 넘어질 듯이 의자 끝에 걸터앉아서, 당신과 마주 앉은, 혹은 전화기 너머에 있는 상대가 무슨 말을 던질지, 또 어떤 말로 반격해야 할지 고민하는 데는 엄청난 에너지가 필요하며 그로 인해 커다란 스트레스가 유발될 수밖에 없습니다.

하지만 당신과 대화하는 사람이 무슨 말을 하는지 적극적으로 듣고, 그가 말을 완전히 끝마칠 때를 기다린다면 대화에 깃들었던 긴장감과 압박감이 해소되는 걸 느낄 수 있을 겁니다. 당신도 한결 여유를 찾을 수 있고, 대화 상대방 역시 보다 느긋해질 수 있죠. 말할 시간과 권리를 두고 당신과 경쟁하지 않아도 된다는 걸 알게 되면, 더 여유롭게 답해도 괜찮겠구나 하고 생각할 겁니다.

남의 말을 잘 경청하는 사람이 되면 인내심이 길러질 뿐 아니라 타인과의 관계도 더 원만해질 수 있습니다. 사람들은 누구나 자신의 말을 진정으로 들어 주는 사람과 얘기하고 싶어 하게 마련이니까요.

30.
싸움은
현명하게 선택하세요

Choose Your Battles Wisely

"싸움은 현명하게 선택하라."

육아에서 자주 쓰이는 말이지만, 만족스러운 삶을 살기 위해서도 중요한 말입니다. 여기에는 별문제도 아닌 일을 크게 만들 건지, 아니면 그냥 흘려버릴 건지, 이 선택의 갈림길에서는 일이 우리 삶에 많다는 의미가 담겨 있죠.

만약 당신이 어떤 경우에 싸울지 현명한 선택을 내릴 수 있다면, 그 싸움에서 승리할 가능성 또한 훨씬 더 높아질 것입니다. 물론 자신의 신념을 지키기 위해 논쟁이 반드시 필요한 경우가 있을 테고, 꼭 맞서 싸우고 싶은 상황도 있겠지요. 하지만 대개는 그게 무슨 일이든 무조건 논쟁하고 싸우려 드

100년 뒤 우리는 이 세상에 없어요

는 경우가 많습니다. 그러다 보니 상대적으로 '사소한 것들'로 인해 우리의 삶이 전쟁터로 둔갑해 버리는 거죠. 이런 삶에는 좌절감만이 가득하게 될 뿐이며, 정작 중요한 것들을 놓치게 됩니다.

모든 일이 당신에게 유리하게만 돌아가도록 만드는 걸 삶의 목표로 삼는다면, 사소하기 짝이 없는 의견의 차이나 별것 아닌 결함조차도 엄청나게 중대한 문제로 비화되고 말지요. 그런 태도는 불행과 좌절로 가는 지름길일 뿐입니다.

인생이란 우리의 바람대로 되지 않으며, 다른 사람들은 우리의 바람대로 행동하지 않는다는 것이 진실이지요. 매 순간 삶은 우리가 원하는 모습이었다가, 또 그렇지 않았다가 변화무쌍하게 모습을 바꿉니다. 이 세상에는 언제나 당신과 의견이 다른 사람, 당신과 다른 방식으로 일을 처리하는 사람이 존재하며, 또 뜻대로 풀리지 않는 일들이 나타나게 마련입니다. 만약 이런 인생의 법칙을 받아들이지 않는다면, 삶의 대부분을 싸움으로 허비하고 말 겁니다.

평온한 삶을 위해서는 '싸울 가치가 있는 싸움'과 그냥 '내버려 두는 편이 나은 싸움'을 의식적으로 구분해야 합니다. 모든 일이 완벽히 굴러가는 삶이 아니라 상대적으로 덜 골치 아픈 삶을 추구한다면, 숱한 싸움 때문에 우리가 평정심으로부터 점점 멀어진다는 사실을 쉽게 깨달을 수 있을 겁니다.

배우자에게 내가 옳고 당신이 틀렸다는 사실을 증명하는 게 그렇게 중요할까요? 다른 사람의 사소한 실수를 꾸짖느라 그와 맞서 싸우는 게 중요한가요? 내가 더 선호하는 식당에 가고, 더 좋아하는 영화를 보기 위해 사랑하는 사람과 언쟁까지 벌어야 할까요? 누군가가 자동차에 낸 작은 흠집이 소송까지 제기해야 할 정도일까요? 이웃이 자동차를 다른 장소에 옮겨 주차하지 않는다고 소리 높여 다퉈야 할까요? 이런 수천 가지의 사소한 일들 때문에 많은 사람들이 인생을 싸움에 낭비하고 있습니다.

당신이 싸우는 이유는 무엇인지, 한번 그 목록을 들여다보기 바랍니다. 만약 그 목록이 위와 비슷하다면, 삶의 우선순위를 어디에 둬야 할지 재평가가 시급하다는 얘기겠지요.

만약 '사소한 일에 목숨 걸기'를 원하지 않는다면, 언제 싸워야 할지를 현명하게 결정하는 일이 무엇보다 중요합니다. 그리고 현명한 선택을 계속 내리다 보면, 언젠가는 아예 싸울 필요를 거의 느끼지 못하게 될 날이 찾아올 겁니다.

100년 뒤 우리는 이 세상에 없어요

31.
나쁜 기분에
자신을 내맡기지 말아요

Become Aware of Your Moods
and Don't Allow Yourself to Be Fooled by the Low Ones

기분이란 정말로 믿을 것이 못 됩니다. 기분은 당신을 속여 삶이 실제보다 훨씬 안 좋아 보이게 만들 수 있거든요.

기분이 좋을 때는 삶이 멋지게만 보이죠. 균형 잡힌 시각, 상식, 지혜가 넘쳐나는 것만 같습니다. 어떤 일이라도 별로 힘들어 보이지 않고, 쉽게 해결할 수 있을 듯합니다. 사람들과의 관계도, 대화도 술술 풀리고요. 심지어 비난조차 너끈히 받아넘깁니다.

이와는 반대로, 기분이 안 좋을 때는 삶이 견디기 힘들 만큼 심각해지지요. 균형 잡힌 시각을 갖기가 무척 어려워집니다. 자신에게 일어나는 모든 일들이 개인적인 위해로 받아들여지고, 주변 사람들의 행동이 모두 악의에서 비롯된 것만 같이 느껴지고요.

요점은 이렇습니다. 사람들은 자신의 기분이 늘 변한다는 사실을 깨닫지 못합니다. 그 대신 자신의 삶이 하루아침에, 아니 한 시간 만에 갑자기 나빠졌다고 생각해 버리는 거죠.

예를 들면 아침에 기분 좋은 한 사람이 있다고 칩시다. 그는 아내, 자신의 직장, 타고 다니는 자동차에게 고마운 마음이 듭니다. 미래에 대해서도 낙관적으로 전망하고 과거의 기억도 온통 장밋빛으로 빛납니다. 그런데 오후 늦은 시간이 되자 그는 기분이 나빠집니다. 아내가 짜증 나는 존재로 여겨지고, 자신이 하는 일이 싫어지고, 고물 자동차는 팔아 치우고 싶습니다. 자신의 커리어에는 이제 발전을 기대하기 어려워 보이고요. 이처럼 기분이 엉망일 때 그에게 어린 시절이 어땠냐고 묻는다면, 분명 너무나 비참했다고 대답할 겁니다. 현재 자신이 겪고 있는 어려움을 부모의 탓으로 돌릴지도 모르겠군요.

어떻게 이렇게 짧은 시간 만에 이토록 극적인 생각의 변화가 일어날 수 있을까요? 이치에 맞지 않을 뿐 아니라 우스꽝스럽기조차 합니다. 하지만 우리 모두가 이런 식으로 행동하는 것 또한 사실이지요.

기분이 나쁠 때면 균형 잡힌 시각을 잃게 되고, 모든 일은 비상사태인 것처럼 보입니다. 그러다가 기분이 좋아지면 모든 게 좋아 보이고, 기분이 나빴을 때의 생각은 완전히 잊어버리고 말지요.

말하자면 우리는 똑같은 상황이라도, 기분에 따라 완전히 다른 느낌을 갖게 되는 것입니다. 배우자, 일터, 자동차뿐 아니라 자신의 잠재력, 어린 시절에 대한 기억 등이 기분에 따라 완전히 달라집니다. 그러면서도 기분이 안 좋을 때는, 기분 탓이라고 여기기보다는 자신의 삶 전체가 잘못되어 가고 있다고 느끼곤 합니다. 마치 자신의 인생이 한두 시간 만에 송두리째 나락으로 떨어지기라도 했다는 듯이 말이죠.

사실은 이렇습니다. 우리의 삶은 그렇게 갑자기 나빠지지 않습니다. 좋지 않은 기분이 든다고 해도 그 기분에 머물러 있는 대신, 삶을 객관적으로, 현실적으로 바라보겠다는 마음으로 자신의 판단에 의문을 제기해 봐야 합니다. 자신에게 이렇게 말하세요.

"지금 내 기분이 별로 좋지 않은 상태이기 때문에 방어적이고, 화가 나고, 좌절감을 느끼고, 스트레스를 받고, 우울함이 느껴지는 건 당연해. 기분이 안 좋을 때는 부정적인 생각이 들게 마련이잖아."

기분이 좋지 않을 때는 그냥 흘려보내는 연습을 해 보세요. 인간의 감정은 억지로 피할 수는 없다 해도, 가만히 내버려 두면 시간과 함께 그냥 지나갈 것입니다.

기분이 나쁠 때 구태여 자신의 삶을 분석할 필요는 없습니다. 그건 오히려 정서적 자살 행위입니다. 만약 당신에게 정말 문제가 있다면, 기분이 나아졌을 때도 그 문제는 여전히 남아 있을 테지요. 그때 해결하면 됩니다. 그러니 기분이 좋을 때는 감사하는 마음을 갖고, 기분이 나쁠 때는 그냥 모든 일을 너무 심각하게 받아들이지 않도록 노력해야 합니다.

다음번에 어떤 이유로든 기분이 나빠지는 게 느껴진다면 이렇게 말해 보세요.

"이 또한 지나갈 거야."

네, 분명 그럴 겁니다.

32.
이 삶은 일종의
테스트에 불과하다고 믿어요

Life Is a Test, It Is Only a Test

제가 좋아하는 한 포스터에는 이런 글이 적혀 있습니다.

"인생은 그저 하나의 테스트일 뿐이다. 만약 이것이 테스트가 아니고 실제 인생이라면 어디로 가야 하는지, 무엇을 해야 하는지 누군가 가르쳐 줬겠지."

유머러스한 지혜가 담긴 이 문장을 떠올릴 때마다, 저는 삶을 너무 심각하게 받아들이지 말아야겠다는 생각을 합니다.

삶과 그 안의 많은 도전 과제들을 일종의 테스트라고 여기기 시작하면, 당면한 문제들을 성장의 기회로 볼 수 있고 힘든 상황에도 적응할 수 있습니다. 당신에게 갖가지 책임질 일들과 극복하기 힘든 장애물의 폭격이 떨어진다 해도, 실제 전투가 아닌 그냥 하나의 테스트에 불과하다고 생각한다면, 그 역경을 넘어 성공할 수 있는 기회 또한 항상 열려 있다는 믿음이 찾아오게 됩니다.

반면에, 삶에서 직면하는 모든 문제가 생존을 위해 반드시 이겨야만 하는 전투라고 여긴다면, 그 인생의 여정은 매우 험난해질 겁니다. 그렇다면 당신이 행복해질 수 있는 유일한 방법은 모든 문제를 완벽하게 해결하는 길뿐이지요. 하지만 이런 일은 매우 드물다는 사실을 우리 모두 잘 알고 있습니다.

이 아이디어를 당신이 지금 해결해야만 하는 일에 시험 삼아 적용해 보세요. 다루기 힘든 10대 자녀, 요구사항이 까다로운 직장 상사, 무엇이든 누구든 좋습니다. 지금 당신이 직면한 그 사안을 심각한 문제가 아니라 '간단한 테스트'로 새롭게 바라볼 수 있는지 시도해 보는 겁니다. 그 문제로 고민하는 대신, 거기서 뭔가 배울 점이 있는지 살펴보세요. 또 스스로에게 이런 질문을 던져 보기 바랍니다.

"왜 이런 상황이 내 인생에서 벌어졌을까? 이 상황이 가진 의미는 무엇이고, 해결하려면 어떻게 해야 할까? 이 상황을 다른 관점에서 바라볼 순 없을까? 이것도 일종의 테스트로 볼 수 있지 않을까?"

이 전략을 시도해 본다면, 문제에 대한 자신의 반응이 지금까지와는 달라진다는 사실에 놀랄 겁니다. 제 경우를 예로 들자면, 저는 예전에 늘 충분한 시간이 없다는 생각 때문에 많이 힘들어했어요. 이리저리 바쁘게 헤매고 다니면서도 제 일정과 가족, 주변 환경 등 문제의 원인일지 모를 모든 것들에 대해 불평과 불만이 쌓여 갔습니다. 그러다가 이런 생각이 들더군요. 진정 행복을 원한다면, 더 많은 시간을 얻기 위해 삶을 완벽하게 관리하는 걸 인생의 목표로 삼아서는 안 되겠구나. 대신 꼭 끝내야만 한다고 강박적으로 생각하던 모든 일에 대해, 다 끝내지 못해도 괜찮다는 여유를 갖는 걸 목표로 삼기로 했습니다.

다시 말하면, 제게 주어진 진짜 도전 과제는, 시간이 없다고 힘들어하는 그 상황을 일종의 테스트로 여길 수 있는지였습니다. 그리고 그렇게 마음을 먹자마자 깊은 좌절의 늪에서 벗어날 수 있었지요. 지금도 여전히 종종 시간이 부족하다는 생각 때문에 괴로워하기도 하지만, 전보다는 그 강도가 훨씬 덜합니다. 적어도 지금은 어떤 일이든 있는 그대로 받아들이는 일에 익숙해졌지요.

33.
칭찬과 비난을
똑같이 받아들여요

Praise and Blame Are All the Same

　반드시 깨우쳐야 하는 삶의 교훈 중 하나는, 다른 사람들에게 인정받지 못하는 상황을 어떻게 받아들여야 하는지에 관한 것입니다. '칭찬과 비난은 똑같다'는 말은 '결코 모든 사람을 다 만족시킬 수는 없다'는 상투적이고 오래된 속담을 제 나름대로 재해석한 표현이죠.

　선거에서 55%의 표를 획득하는 꽤나 확실한 승리를 거뒀다고 해도, 반대편 후보의 승리를 원했던 사람들 또한 45%나 된다고 생각해 보세요. 겸손해야 마땅하겠죠?

　가족이나 친구, 직장 동료 중에서 우리를 인정하는 비율이 아마 이보다 더 높지는 않을 겁니다. 사실, 사람들에게는 저마

　　　　　100년 뒤 우리는 이 세상에 없어요

다 인생을 평가하는 자신만의 잣대가 있지요. 사람들의 생각이 늘 내 생각과 같을 수는 없는 겁니다. 그런데도 우리는 웬일인지 이 자명한 사실 앞에서 힘겨워합니다. 다른 사람들이 우리의 생각을 거부하고, 어떤 방식으로든 거절의 의사를 내보이면 우리는 화를 내고, 상처를 받고, 좌절하기도 하지요.

모든 사람에게 인정받을 수는 없다는 이 피할 수 없는 진실을 빨리 수용할수록 우리 삶은 한층 편안해질 겁니다. 그러니 이 진실 때문에 힘들어하기보다는, 어느 정도의 비판과 비난이라면 그냥 인정하고 넘어갈 때 좀 더 균형감을 갖고 삶의 여정을 계속할 수 있습니다.

인정받지 못하는 상황에서도 거부나 거절을 당했다고 여기기보다는 "또 인정받지 못했군. 뭐, 이 정도쯤이야" 하고 생각해 보세요. 그러면 이후에 바라던 인정을 얻게 되는 순간에는 유쾌한 놀라움은 물론 감사의 마음까지 얻을 수 있게 됩니다.

저는 칭찬과 비난을 동시에 경험하는 날이 많습니다. 저를 초청해서 강연을 부탁하는 사람이 있는가 하면, 절대 저를 부르고 싶어 하지 않는 사람도 있죠. 반가운 소식을 알려 오는 전화가 있는가 하면, 해결해야 할 골칫거리를 안겨 주는 전화도 있습니다. 두 딸 중 한 아이는 아빠의 행동 때문에 행복해하는데 다른 아이는 똑같은 행동을 싫어합니다. 어떤 사람은 제가 멋진 사람이라고 말해주는 반면, 또 다른 사람은 자기 전화에 답을 하지 않는다는 이유로 저를 이기적이라고 생각하지요.

이처럼 좋은 일과 나쁜 일, 칭찬과 비난은 모두 우리의 일상을 이루는 요소들입니다. 물론 저도 비난받는 것보다 인정받고 칭찬받는 편을 더 선호합니다. 그쪽이 훨씬 더 기분도 좋고, 대응하기도 쉬우니까요. 하지만 스스로의 삶에 대한 만족감이 크다면, 다른 사람의 인정과 칭찬 때문에 자신의 행복이 좌우될 일은 줄어들 겁니다.

34.
아무에게나
작은 친절을 베풀어 봐요

Practice Random Acts of Kindness

요즘 차량 범퍼에 붙은 스티커 문구 중에 눈에 잘 띄는 게하나 있습니다. 전국 어딜 가나 보이죠. 사실 제 차에도 이미붙어 있고요.

"마음 가는 대로 친절을 베풀고, 상식 밖의 아름다운 행동을 해 보세요."

누가 처음 생각해 낸 것인지는 모르지만, 범퍼 스티커에서이보다 더 중요한 메시지를 저는 본 적이 없습니다. 대가를바라지 않고 그냥 마음 가는 대로 친절을 베푸는 연습을 해본다면, 베풂이라는 행위 자체에서 큰 기쁨을 맛보게 될 겁니다. 아무도 모르게 할수록 더 효과적이지요.

샌프란시스코 만에는 통행료를 내야 하는 다리가 다섯 개 있습니다. 그런데 얼마 전부터 몇몇 운전자들이 뒤차의 통행료를 대신 내 주기 시작하더군요. 운전자들이 요금소에서 지폐를 꺼내면 징수원이 "앞차가 이미 요금을 지불했습니다"라고 한다는 겁니다. 이것이야말로 대가로 뭔가를 요구하지 않고, 보상에 대한 기대도 전혀 없이 베푸는 자발적 선물의 좋은 예라고 할 수 있지요.

뒤차 운전자에게 이 작은 선물이 어떤 영향을 줬을지 충분히 상상할 수 있을 겁니다! 그로 인해 그 사람은 그날 하루를 더 친절한 사람으로 살았을 수도 있겠죠. 이런 작은 친절은 종종 연쇄작용을 일으키기도 합니다.

어쩌면 친절을 베푸는 가장 큰 이유는, 당신의 삶에 큰 만족을 주기 때문일 것입니다. 당신이 베푼 친절한 행동 하나하나가 긍정적인 감정을 느끼게 하고, 헌신, 친절, 사랑이라는 삶의 중요한 가치들을 일깨워 줍니다. 우리 모두 자신의 삶에서 이런 가치들을 실천한다면, 그리 오래지 않아 더 멋진 세상에서 살고 있는 자신을 발견하게 될 겁니다.

35.
행동 너머의 의미에
주목하세요

Look Beyond Behavior

이런 말을 해 본 적이 있나요? 아니면 누군가 이렇게 말하는 것을 들어본 적이 있나요?

"신경 쓰지 말아요. 그 사람은 자기가 무슨 짓을 했는지도 몰라요."

만약에 그런 경험이 있다면 '행동의 이면을 들여다보라'는 지혜의 말씀을 몸소 체험해 본 것과 같습니다. 자녀를 둔 사람이라면 이런 마음가짐이 얼마나 중요한지 너무나 잘 알 테지요. 만약 우리가 단순히 겉으로 드러난 행동만을 보고 아이들에게 사랑을 베풀지 결정한다면, 그 사랑은 실천되기 어려울 겁니다. 만약에 사랑의 근거를 순전히 상대의 행동에만 둔다면, 우리 가운데 10대 시절에 타인으로부터 사랑받을 수 있는 사람은 아무도 없겠지요!

같은 기준을 우리가 만나는 모든 사람에게 적용해, 호의적이고 친절한 태도를 더 넓게 펼쳐 간다면 얼마나 멋질까요? 비록 누군가가 쉽게 받아들이고 인정할 수 없는 행동을 보인다고 해도, 그런 행동을 우리도 10대 시절에 저지르곤 했던 엉뚱함이라고 여기고 넘어간다면 세상은 더욱 사랑이 넘치는 곳이 될 겁니다.

하지만 현실을 모른 척하라거나, 언제나 모든 게 잘 되어 간다고 믿으라거나, 남들이 당신을 밟고 지나가는 것을 용납하라거나, 부정적인 행동을 무조건 용인하라는 뜻은 아닙니다. 다만 그런 일이 발생할 때 상대방에게 그럴 만한 이유가 있을지도 모른다고 생각할 수 있는 균형적 관점을 가져야 한다는 것이죠.

어떤 행동의 이면에 있는 의미를 살핀다는 건, 생각만큼 어렵지 않습니다. 당장 시도해 보세요. 좋은 결과를 바로 확인할 수 있을 겁니다.

100년 뒤 우리는 이 세상에 없어요

36.
타인에게서
순수함을 찾아봐요

See the Innocence

사람들이 삶에서 가장 큰 좌절을 느끼는 순간 중 하나는, 다른 사람들의 행동을 도무지 이해할 수 없을 때입니다. 그럴 때는 타인들의 행동이 순수함에서 비롯된 게 아니라 나쁜 의도를 가지고 저지른 잘못이라고 여기게 되죠. 그들의 비이성적인 언행, 심술궂은 행동, 이기적인 선택을 비난하고 싶어지고, 그로 인해 좌절감을 맛보기도 합니다. 타인들의 행동에 지나치게 초점을 맞추다 보면 마치 그들이 우리를 비참하게 만들려고 드는 것만 같은 기분이 들지요.

웨인 다이어 박사는 이를 두고 다음과 같이 비꼬며 말했습니다.

"여러분을 비참하게 만드는 사람들을 몽땅 데려오세요. 그러면 내가 그들을 치료하겠습니다. 그러면 여러분 모두가 반드시 편안해지겠죠?"

이 말에는 명백한 모순이 있습니다. 자기 주변 사람들이 이상하게 행동할 수는 있죠. 그렇지 않은 사람이 누가 있을까요? 하지만 그로 인해 화를 내는 건 바로 우리 자신입니다. 그러니 변해야 하는 대상도 다름 아닌 우리지요. 저는 지금 타인의 폭력이나 일탈을 용인하거나 무시하거나 옹호하려는 게 아닙니다. 단지 타인들의 행동 때문에 입는 마음의 상처를 좀 더 줄여 보자는 것이죠.

타인들 내면의 순수함을 보려는 노력은 자신의 변화를 이끄는 강력한 도구입니다. 누군가 우리를 적대시하는 행동을 보일 때 가장 좋은 대응법은 그 행동을 주관적, 개인적으로 받아들이지 않는 겁니다. 사람들의 행동 너머 이면을 들여다보고, 그 내면의 순수함을 생각해 보는 것이죠. 이렇게 약간만 생각을 달리해도 타인에 대한 공감이 확대되는 현상을 경험할 수 있습니다.

저는 가끔 일을 서두르라며 압박감을 주는 사람들과 일할 때가 있습니다. 그렇게 재촉을 받으면 불쾌감과 모욕감마저 들기도 하고요. 그런데 제가 만약 그들의 말과 메시지를 너무

새겨듣는다면 분명 매우 분노에 차서 반응하게 될 겁니다. 마치 그들의 행동에 '유죄 판결'이라도 내리는 심정이 되겠지요. 하지만 제가 어떤 일을 끝내기 위해 몹시 서둘렀던 기억을 떠올려 보면, 그들도 악의에 차서 저를 재촉하는 게 아니라는 사실을 깨달을 수 있습니다. 심지어 정말 짜증 나게 느껴지는 행동이라도, 그 바탕에는 좌절에 빠져 공감을 구하려는 마음이 깔려 있을지 모르죠.

다음번에, 아니 지금부터는 누군가 당신의 마음에 들지 않게 행동한다면, 그의 행동 속에 있는 순수한 마음을 찾아보도록 하세요. 약간의 공감하려는 마음만 있어도 크게 어렵지 않게 찾을 수 있을 겁니다. 그런 마음으로 상대를 바라보면 웬만한 일 가지고 화가 나지는 않게 될 테고요. 타인의 행동 때문에 좌절하지 않을 수 있다면, 삶의 아름다움을 느끼고 경탄하며 살기가 훨씬 수월해질 겁니다.

37.
옳은 사람보다는
친절한 사람을 선택하세요

Choose Being Kind over Being Right

앞서 이야기한 것처럼 당신에게는 친절한 사람이 될 것인지, 옳은 사람이 될 것인지의 갈림길에서 선택할 기회가 있습니다. 즉 당신은 다른 사람들의 실수를 지적하고, 어떻게 처리하는 게 옳았는지, 어떻게 해야 더 나아질 수 있는지에 대해 이야기할 수도 있죠. 직접 말을 전할 수도 있고, 공개적으로 비판할 수도 있고요. 하지만 그 길을 선택한다면, 상대방의 마음을 상하게 할 테고 당신의 기분 역시 나빠질 수밖에 없을 겁니다.

구태여 정신분석학을 적용하지 않아도 쉽게 알 수 있는 문제입니다. 우리가 타인들을 비난하거나, 잘못을 지적하고, 자

100년 뒤 우리는 이 세상에 없어요

신은 옳고 상대는 잘못됐다고 말하고 싶은 유혹을 좀체 떨치지 못하는 이유는 우리 내면의 에고 때문이죠. 즉, 상대가 틀렸다는 걸 지적해야 우리가 옳다는 결론을 얻을 수 있다는 믿음, 또 그렇게 해야 기분이 좋아질 거라는 잘못된 믿음을 갖고 있기 때문인 겁니다.

그러나 실제 누군가를 깔아뭉개고 난 뒤 자신의 감정을 자세히 살펴보면, 그 전보다 오히려 기분이 더 나빠졌음을 깨닫게 될 겁니다. 타인에게 공감할 줄 아는 당신의 마음은 타인을 혹평한다고 해서 기분이 좋아지지 않는다는 사실을 이미 알고 있습니다.

그런데 다행스러운 소식도 있죠. 이와는 반대로, 타인들의 기운을 북돋아 주는 걸 목표로 삼고, 그들의 기분을 배려하고, 그들과 기쁨을 함께 나눈다면, 그들의 긍정적인 감정을 당신이 보상으로 얻게 된다는 것입니다.

다음에 기회가 온다면, 객관적인 시각에서는 상대방이 정도(正道)에서 조금 벗어났을지라도, 바로잡고 싶은 유혹을 이겨내 보기 바랍니다. 자신에게 이렇게 물어보세요.

"내가 이 대화를 통해 정말 원하는 것은 무엇일까?"

다음번에 기회가 온다면, 그들이 객관적으로 볼 때 사실에서 조금 벗어났을지라도, 정정하고 싶은 유혹을 한번 이겨 보시기 바랍니다.

당신이 궁극적으로 원하는 것은, 모두가 즐거운 기분을 느낄 수 있는 평화로운 대화잖아요. 매번 옳은 사람이 되고 싶은 마음을 참아 내고 친절한 사람이 되기를 택한다면 당신 안에서 평온함이 솟아나는 걸 느낄 수 있을 겁니다.

최근에 아내와 함께 우리가 성공을 거둔 사업에 관해 대화를 나눈 적이 있습니다. 저는 그 성공이 제 아이디어 덕분이었다며 우쭐댔죠. 아내는 평소처럼 조용히 제가 그 영광을 차지하도록 두었고요. 그런데 그날 늦게 불현듯, 그 아이디어를 처음 내놨던 사람이 제가 아니라 아내였다는 사실이 떠오르더군요. 이런 낭패가! 아내에게 사과하려고 전화를 걸면서 저는 분명히 알게 됐습니다. 그녀는 자신의 공을 드러내는 일보다 제가 기뻐하는 것을 더 중요시했던 겁니다. 역시나 아내는 제가 행복해하는 모습을 볼 수 있어 기뻤고, 그 아이디어가 누구에게서 나온 건지는 중요하지 않다고 말하더군요. 얼마나 고마운 말이던지!

이 전략은 소신과 신념을 접고 겁쟁이처럼 목소리를 내지 말라는 의미가 아닙니다. 당신이 자신의 옳음을 주장하는 자체가 잘못이라는 게 아니에요. 단지 그 주장을 고집하려면 마땅히 지불하게 되는 대가를 감안하라는 겁니다. 바로 '마음의 평화' 말이지요.

마음의 평정을 잃고 싶지 않다면, 대개는 옳은 사람이 되기보다 친절한 사람이 되는 쪽을 선택해야 합니다. 그리고 가장 좋은 출발점은 지금 당신이 옆 사람과 나누고 있는 대화인 겁니다.

38.
매일 세 사람에게
사랑한다고 말하세요

Tell Three People (Today)
How Much You Love Them

작가 스티븐 레빈은 이렇게 묻습니다.

"이제 당신의 생명이 단 한 시간밖에 남지 않았고, 딱 한 사람에게만 전화를 걸 수 있다면, 당신은 누구에게 전화를 할 건가요? 무슨 말을 할 건가요? … 대체 왜 지금 당장 전화를 걸지 않고 기다리고 있는 거죠?"

정말 강력한 메시지입니다!

대체 우리는 뭘 기다리고 있는 걸까요? 어쩌면 우리가 영원히 살 거라고 믿고 있는지도 모르겠습니다. 그리고 '언젠가는' 반드시 사랑하는 사람들에게 그들을 얼마나 사랑하고 있는지를 말할 거라고 생각하고 있는지도 모르겠군요. 하지만

100년 뒤 우리는 이 세상에 없어요

기다림의 이유가 무엇이든, 실제 행동으로 옮기기까지 우리는 보통 너무 오래 기다리고만 있죠.

우연히도, 이 글을 쓰고 있는 오늘은 제 할머니의 생신입니다. 좀 이따가 저는 아버지와 함께 차를 타고 할머니의 묘를 찾을 예정이죠. 할머니는 약 2년 전에 세상을 떠나셨습니다. 돌아가시기 전에 할머니는 가족 모두에게 자신이 우리를 얼마나 사랑하셨는지를 꼭 전하고 싶어 하셨습니다. 그 일은 할머니에게 너무나 중요한 듯 보였죠. 그 모습을 지켜보면서, 사랑한다는 말을 하기 위해 오랫동안 기다릴 이유는 아무것도 없다는 걸 깨달았습니다. 바로 지금이 사람들에게 당신이 그들을 얼마나 소중히 여기는지 알려 줄 때인 겁니다.

직접 만나서 말하면 더 좋겠지만, 전화로도 충분히 가능합니다.

"당신을 얼마나 사랑하는지 알려 주고 싶어서 전화를 걸었어요."

이런 전화를 받아 본 사람이 세상에 얼마나 될까요? 만약 당신이 이런 전화를 받는다면 어떤 기분이 들지 한번 생각해 보세요. 세상에 이보다 더 큰 의미를 지닌 게 있을까 생각이 들지 않을까요?

너무 어색해서, 혹은 수줍어서 이런 전화도 하기 힘들다면, 대신 그 마음을 편지로 써 보세요. 전화든 편지든, 당신의 마음을 옮기는 데 익숙해질수록 가까운 사람들에게 당신의 사랑이 일상적으로 전해질 수 있을 겁니다. 그리고 그 결과, 당신에게 더 많은 사랑이 돌아오는 것도 놀랄 일은 아니겠지요.

39.
겸손해지는 연습을
하세요

Practice Humility

겸손과 내면의 평화는 함께 갑니다. 다른 사람에게 자신을 증명해 내야 한다는 강박관념에 덜 시달릴 때, 내면의 평화를 느끼는 일이 한층 쉬워지지요.

자신을 입증하려는 것은 위험한 덫입니다. 계속 자신의 성과를 드러내어 자랑하고, 다른 사람들에게 자신이 얼마나 가치 있는 사람인지를 입증하려고 애쓰는 데는 엄청난 에너지가 소요됩니다. 그런데 사실 자랑은, 자신의 성취와 그로 인한 긍정적인 감정을 희석시켜 버립니다. 당신이 자신을 증명하려고 애를 쓰면 쓸수록 사람들은 당신을 더 피하게 되고, 당신의 뒤에서 수군댈 것입니다. 심지어 당신에게 분개하며 나쁜 감정을 품는 사람도 생길 수 있지요.

그런데 역설적이게도, 다른 사람에게 인정을 구하지 않을수록 당신은 사람들로부터 더 인정받게 됩니다. 사람들은 조용히 내면의 자신감을 품은 사람에게 끌립니다. 다른 사람들 앞에서 멋져 보이려고 애쓰는 사람, 늘 자신이 옳다고 뻐기는 사람, 모든 영광을 죄다 자기가 가로채 버리는 사람은 좋아하지 않습니다. 대부분의 사람들은 자만심으로 자랑을 즐기는 사람이 아닌, 진심으로 마음을 나누려는 사람을 더 좋아하지요.

진정한 겸손을 가지려면 연습이 필요합니다. 겸손을 연습하면 좋은 점은, 마음이 차분하고 편안해지는 느낌을 즉각적으로 느낄 수 있다는 것입니다. 다음번에 자랑할 일이 생기면 자랑하고 싶은 유혹에 저항해 보세요.

한 고객이 제게 이런 이야기를 들려주더군요. 자신이 직장에서 승진하고 며칠 지나지 않아 친구들을 만났답니다. 사실제 고객은, 이 친구들이 모두 함께 아는 어떤 사람을 누르고그 자리를 차지한 건데 아직 이 친구들은 그 사실을 모르고있는 상태였죠. 승진에 떨어진 사람과 약간의 경쟁심을 느끼고 있던 터라, 제 고객은 자신이 선택을 받고 그 사람은 선택되지 못했다는 점을 입 밖으로 꺼내고 싶은 강한 유혹을 느꼈습니다. 그런데 막 그 얘기를 꺼내려는 순간, 내면에서 작은 목소리가 들려왔다는 겁니다.

"잠깐 멈춰. 그 말 하지 마."

다행히 그는 이 소리에 귀를 기울였죠. 친구들에게 자신의 승진에 대해서만 이야기했고, 승진에서 탈락한 사람에 대해서는 일언반구도 언급하지 않았습니다.

이 고객은 그 순간처럼 자신이 자랑스러웠던 때가 없었다고 하더군요. 남을 뭉개고 자신의 자랑을 늘어놓지 않으면서도 자신의 성공을 충분히 즐길 수 있었다고 했습니다. 나중에 어떤 일이 있었는지 다 알게 된 친구들은 제 고객의 사려 깊은 마음과 겸손함을 칭찬했다고 합니다. 겸손을 실천한 덕에 오히려 더 좋은 피드백을 받은 셈이지요.

40.
누가 쓰레기 치울 차례인지
애매할 땐 먼저 나서요

When in Doubt about Whose Turn It Is to Take Out the Trash,
Go Ahead and Take It Out

주의를 기울이지 않으면 일상의 사소한 일에 화를 내기가 너무 쉽죠. 언젠가 기분이 몹시 언짢았던 날, 제가 하루에 처리하는 일들이 대체 몇 가지나 되는지 세어 봤더니 무려 1,000가지가 넘더군요. 물론 기분이 좋은 상태였다면 그 숫자가 훨씬 줄어들었을지도 모르겠습니다.

그 당시를 떠올려 보니, 제가 실제로 맡고 있는 일뿐 아니라 일상의 잡다한 모든 일들까지 모두 떠올리는 것이 그다지 어렵지 않았다는 사실이 참으로 놀랍네요. 그러나 제 아내가 매일 무슨 일들을 하는지에 대해서는 쉽게 잊어버리고 있습니다. 정말 편리한 사고방식이죠?

100년 뒤 우리는 이 세상에 없어요

자신이 하는 일을 하나하나 다 세며 사는 사람은 만족하기 어렵습니다. 이 일은 누가 해야 하는지, 누가 일을 더 많이 하고 있는지, 계속 따지면 당신은 더 낙심하게 될 뿐이지요. 진실을 말하자면, 이거야말로 '사소한 것'의 전형입니다! 누가 쓰레기를 내다 버릴 차례인지 떠올리느라 짜증을 내기보다는, 당신이 솔선수범해서 다른 가족의 할 일이 줄었다고 생각한다면 삶에 훨씬 더 큰 기쁨이 찾아올 겁니다.

이런 생각에 대한 가장 강력한 반대는, 당신이 이용당할지도 모른다는 걱정이겠죠. 하지만 그런 걱정은 당신이 옳다는 걸 입증하는 게 중요하다고 여기는 것과 마찬가지인 실수입니다.

대개의 경우, 당신이 옳은지 그른지는 그다지 중요하지 않아요. 마찬가지로 배우자나 동거인보다 자기가 쓰레기를 몇 번 더 많이 내다 버렸다는 것 또한 그다지 중요하지 않죠. 쓰레기 버리기 따위를 삶에서 그다지 중요하게 여기지 않을 때, 당신이 정말 중요하게 여기는 대상에 쏟을 수 있는 시간과 에너지가 늘어난다는 건 너무나 자명하잖아요?

41.
인생에는 사전 예방 조치가
필요없어요

Avoid Weatherproofing

삶에 불편이 없도록 미리 문제를 찾아 반드시 예방 조치를 해야 한다는 생각은, 삶을 감사히 여기지 못하는 신경증에 가깝습니다. 제 친구인 조지 프렌스키 박사의 말이기도 합니다.

겨울이 다가오면 집 주변을 둘러보며 갈라진 틈이나 새는 곳을 살피며 월동 준비를 하듯이, 사람들은 인간관계와 인생에서도 미리 예방 조치를 취하려 하죠. 본질적으로 '사전 예방 조치'란 수리가 필요한 곳이 어딘지 미리 주의 깊게 살핀다는 뜻입니다. 그러니 인생을 예방 조치한다는 건, 삶의 균열과 흠을 발견하고 그것을 고치려고 들거나, 다른 사람에게 그런 문제가 있다고 알려 준다는 것이겠죠.

하지만 이런 태도는 사람들과의 거리를 멀어지게 할 뿐 아니라 당신의 기분마저 망치고 맙니다. 늘 일이나 다른 사람들에게서 문제점이나 마음에 들지 않는 면을 찾도록 만들기 때문이죠. 그렇기에 인간관계나 삶에서의 사전 예방 조치는 감사의 마음보다는 불만을 갖게 하고, 인생은 늘 문제투성이라고 생각하게 만듭니다. 그 어떤 것도 있는 그대로의 모습 자체로서는 괜찮아 보이지가 않을 테니까요.

인간관계에서의 사전 예방 조치는 보통 다음과 같은 식으로 전개됩니다. 당신은 누군가를 처음 만나지요. 그리고 모든 게 마음에 듭니다. 그 남자나 그 여자의 외모, 성격, 지성, 유머감각에 매력을 느낍니다. 이런 특성 중 어느 하나가 아니라 고른 균형에 끌릴 수도 있고요. 처음에는 자신과는 다른 사람처럼 느껴지는 면이 나쁘지 않고 충분히 이해할 만합니다. 어쩌면 그런 차이가 더 끌리게 만드는지도 모르겠습니다.

하지만 시간이 좀 흐른 다음, 당신은 이 새로운 연인, 친구, 선생님 등 상대방에게서 마음에 안 드는 점을 발견하기 시작하지요. 그 점만 고치면 상대방이 더 나은 사람이 될 수 있다고 생각합니다. 그리고는 이렇게 말하지요. "당신은 매번 늦는 버릇이 있어요." "당신은 책을 별로 안 읽는 것 같네요."

여기서 핵심은, 당신이 좋아하지 않거나 옳지 않다고 여기는 것들을 찾아내려고 하면서 지금까지 잘 흘러왔던 삶을 다시 다른 방향으로 돌려놓기 시작했다는 점입니다. 물론, 때로 자신의 의견을 솔직히 밝힌다거나 상대를 돕기 위해 건설적인 비판을 제기하는 건 전혀 문제가 되지 않는다고 생각하겠죠. 하지만 분명히 말씀드릴 수 있는 건, 제가 오랫동안 상담해 온 수백 쌍의 부부들 사례를 보면 배우자로부터 '사전 예방 조치'를 위해 지적당하는 경험을 해 보지 않은 사람이 거의 없다는 사실입니다.

비록 아무런 악의가 담겨 있지 않다고 해도 남의 잘못을 찾고자 하는 태도는, 자신도 모르게 삶을 대하는 습관으로 자리 잡기 쉽지요. 다른 사람에게 문제가 생기지 않도록 그의 잘못을 미리 지적한다고 해도 그 사람에게 도움이 되지는 않습니다. 오히려 당신이 비판적인 사람이라는 인상을 상대방에게 각인시켜 줄 뿐이지요.

인간관계나 삶의 어떤 상황에 대해 미리 문제를 지적하며 예방 조치하려는 습관이 자신에게 존재한다면, 당장 머릿속에서 지워내 버리세요. 혹시라도 그 습관이 당신의 머릿속으로 다시 스멀스멀 기어 왔다는 생각이 들면, 아예 입을 닫아 버리세요. 배우자나 친구를 위한다는 명분을 내세우면서 예방 조치를 취하는 횟수를 줄일수록, 당신의 삶은 오히려 더 멋지게 변한다는 점을 금방 깨달을 수 있을 겁니다.

42.

매일 잠깐이라도
사랑하는 사람을 떠올려 봐요

Spend a Moment, Every Day,
Thinking of Someone to Love

이 책의 앞 장에서는 매일 약간의 시간을 내어 감사할 누군가를 생각하자는 내용을 전했습니다. 내면의 평화를 가져다주고 감사의 원천이 되는 또 다른 멋진 방법은 매일 사랑하는 누군가를 떠올려 보는 시간을 갖는 것입니다. 오래된 이 속담을 들어 보셨을 겁니다.

"매일 사과를 한 개씩 먹으면 의사를 찾을 일이 없다."

사과를 사랑으로 바꿔 쓰면 이렇게 읽히게 됩니다.

"매일 사랑하는 누군가를 생각하면 원망하는 마음이 사라진다."

사랑하는 사람을 의식적으로라도 생각하기 시작한 것은,

100년 뒤 우리는 이 세상에 없어요

제가 너무나 자주 짜증 나는 사람들에 대한 생각에 사로잡혀 있곤 한다는 사실을 깨닫고 나서였습니다. 부정적인 생각이나 이상한 행동에 초점을 맞추면 바로 부정적인 감정이 저를 완전히 사로잡아 버렸습니다. 그래서 어느 순간 저는 이런 결단을 내렸습니다. 매일 아침 사랑하는 누군가를 떠올리겠다고. 그러자 떠올린 그 사람뿐만 아니라 긍정적인 것들에게로 저의 모든 주의가 기울여졌습니다. 그리고 보통은 하루종일 그런 마음이 지속됐습니다. 그때 이후로 제가 더 이상 짜증낸 적이 없다는 것은 물론 아닙니다. 하지만 부정적인 생각이 들고 화가 나는 일이 전보다 훨씬 줄어들었다는 것은 분명한 사실입니다. 그리고 이런 멋진 변화는 바로 이 훈련 덕분이지요.

매일 아침 저는 잠자리에서 일어나서 눈을 감고 심호흡을 몇 차례 합니다. 그리고 나 자신에게 "오늘은 누구에게 사랑을 보낼까?" 하고 묻습니다. 그러면 즉각 누군가의 얼굴이 머릿속에 떠오릅니다. 가족일 때도 있고, 친구, 함께 일하는 동료, 이웃 사람 아니면 과거의 누군가일 때도 있으며, 심지어 길에서 마주쳤던 모르는 사람일 때도 있습니다. 떠오른 사람이 누구인지는 중요하지 않습니다. 이렇게 하는 목적은 내 마음에 사랑을 장착하는 것이기 때문이니까요.

사랑을 전하고픈 사람이 분명해지면, 저는 마음으로 그가 사랑으로 가득한 하루를 보내기를 소망합니다. 저 자신에게 이렇게 말하기도 합니다. "당신이 사랑과 친절로 가득한 멋진 하루를 보내길 바랍니다."

몇 초밖에 걸리지 않는 이 일을 끝내면, 제 마음에 이제 하루를 시작할 준비가 되었다고 느껴집니다. 왜 그런지 설명하기는 어렵지만, 그 몇 초의 시간은 신기하게도 몇 시간 동안 제게 머물러서 떠나지 않습니다. 이 소소한 훈련을 시험해 본다면, 당신 역시 보다 평온한 하루를 보내게 될 것입니다.

100년 뒤 우리는 이 세상에 없어요

43.
인류학자가
되어 보세요

Become an Anthropologist

인류학은 인간과 인간의 기원을 연구하는 학문입니다. 하지만 인류학자가 되어 보라는 이 전략에서는, 편의상 인류학의 정의를 '사람들이 살아가고 행동하는 방식에 대해 판단하지 않고 그저 관심만 갖기'라고 다시 내리고자 합니다.

이 전략은 자신의 인내심을 기르고 타인에 대한 공감력을 키우는 게 목적입니다. 하지만 이 목적을 군이 신경 쓰지 않더라도, 사람들의 행동방식에 관심을 가지기만 한다면 타인을 판단하는 대신 사랑이 담긴 친절로서 대할 수 있습니다. 사람들이 어떤 상황에 대해 분노를 느끼는지, 어떻게 반응하는지, 또 본인의 반응에 대해 어떤 감정을 갖는지 알게 된다면 그 사람처럼 분노에 휩싸이지는 않을 수 있을 테니까요. 이처럼 인류학자가 되는 훈련을 하게 되면 타인의 행동 때문에 좌절하는 일이 줄어들 겁니다.

누군가 이해하지 못할 이상한 행동을 한다면, 평소처럼 "세상에나 저런 짓을 하다니 믿을 수가 없네?"라며 대응하는 대신 자기 자신에게 이렇게 말해 보세요. "아, 저 사람이 세상을 바라보는 방식은 저런 식이구나. 정말 흥미로운걸?" 이 방법이 효과를 거두려면 진심으로 그 상황을 대해야 합니다. 흥미롭다는 생각과 자신의 방식이 더 낫다는 믿음 사이에는 사실 별 차이가 없기 때문이지요.

최근에 저는 여섯 살 난 딸과 함께 집 근처의 쇼핑몰을 찾았습니다. 그때 머리를 오렌지색으로 요란하게 염색하고 몸 전체에 문신을 한 펑크족 한 무리가 우리 곁을 지나갔지요. 딸아이는 바로 제게 물었습니다.

"아빠, 저 사람들은 옷을 왜 저렇게 입었어요? 코스튬 행사에 가는 건가요?"

몇 년 전이었다면 저는 이런 젊은이들이 매우 불만스러웠을 겁니다. 그들의 방식은 잘못됐고, 보수적인 제 방식이 옳다고 믿었겠죠. 결국 무심결에 아이에게 그들을 부정적으로 묘사하면서 제 비판적 관점을 고스란히 전했겠지요.

하지만 인류학자가 된 듯 행동하는 훈련을 해 온 덕분에 저는 한층 부드럽게 대처할 수 있었죠. 저는 딸아이에게 이렇게 말했습니다.

"아빠도 잘 모르겠구나. 하지만 사람들이 모두 다르다는 건 참 재미있지 않니?"

그러자 딸은 제게 이렇게 답했습니다.

"맞아요, 아빠. 하지만 나는 내 머리 스타일이 더 좋아요."

그렇게 우리는 그 젊은이들의 행동에 계속 신경 쓰면서 에너지를 소비하는 걸 멈추고, 둘이서 함께 행복한 시간을 즐길 수 있었죠.

다른 사람들의 삶에 대한 관점을 흥미롭게 여긴다고 한들, 당신이 그 관점을 조금이라도 옹호한다는 의미는 절대 아닙니다. 저는 절대로 펑크록 스타일을 선택하거나 누군가에게 추천하지는 않을 겁니다. 하지만 동시에 그런 삶의 방식에 대해 판단하거나 비판하는 것 역시 제 몫은 아니지요.

44.
각자 처한 현실의 차이를
인정하세요

Understand Separate Realities

　앞에서 저마다 다른 사람들의 행동방식에 관심을 갖자는
이야기를 했죠. 이번엔 그 연장선상에서, 각자 처한 현실이 다
르다는 것의 의미를 잠시 살펴볼까 합니다.

　외국을 여행할 때나 영화 속에서 그려지는 외국의 모습을
보면, 가끔 엄청난 문화적 차이가 존재한다는 걸 실감합니다.
마찬가지로 각자 처한 현실이 다 다르다는 건, 사람들 사이에
존재하는 차이가 그만큼 클 수밖에 없다는 걸 알려 주지요.

　다른 문화권의 사람들에게 우리와 똑같은 방식으로 일을
처리하거나 사물을 바라보도록 기대할 수는 없습니다. 오히
려 그들이 우리와 똑같이 생각하고 행동한다면 오히려 실망

스러울 겁니다. 이 원리에 비춰 보면, 세상 모든 사람들이 우리처럼 생각하고 행동하리라는 기대 역시 잘못인 것이죠. 서로의 차이를 용인하는 수준의 문제가 아닙니다. 서로의 문화가 다를 수밖에 없고, 각자 다른 방식으로 표현될 수밖에 없다는 점을 진심으로 이해하고 존중해야 한다는 의미지요.

이 원리를 이해할 때 사람들이 얼마나 달라지는지 저는 지켜봐 왔습니다. 실제 사람들 간의 다툼을 멈추게 할 수 있죠. 사람들이 각자 다르다는 걸 이해하고, 똑같은 자극에도 달리 반응하며 일처리도 제각각이라는 점을 인정할 때 자신과 타인에 대한 연민의 마음은 급격히 커집니다. 이 생각을 받아들이지 못하면 잠재적인 갈등이 늘 도사리고 있게 될 테고요.

저는 여러분에게 우리 모두 서로 다르다는 점을 깊이 이해하고 그 사실을 존중하라고 격려하고 싶습니다. 그럴 수 있을 때 타인에 대한 사랑뿐 아니라 자신의 고유한 특성에 감사하는 마음 또한 점점 커질 겁니다.

45.
남을 돕는 일을
습관으로 삼아요

Develop Your Own Helping Rituals

당신의 삶이 평온하고 친절하기를 원한다면, 실제 평온하고 친절한 일을 실천하는 게 도움이 됩니다. 이럴 때 제가 즐겨 사용하는 방법 중 하나는, 남을 돕는 제 나름의 독특한 의식(儀式)을 개발하는 겁니다. 작은 친절을 실천하는 행위는 그 자체가 봉사의 기회일뿐더러, 남을 돕고 친절을 베푸는 일이 얼마나 기분 좋은지 일깨워 주지요.

우리 가족은 샌프란시스코 만 근처의 전원(田園)에 살고 있습니다. 눈앞에 펼쳐지는 광경은 대부분 아름다운 자연이지요. 다만 그 광경 속에 가끔 나타나는 옥에 티는 일부 사람들이 교외 도로를 달리다가 차창 밖으로 던지는 쓰레기입니다.

시골에 사는 데 따르는 약간의 불편함 중 하나는, 쓰레기 수거 등 공공 서비스의 혜택을 받는 횟수가 도시 지역에 비해 적다는 점이지요.

그래서 제가 두 아이와 함께 정기적으로 실천하는 도움의 의식은 주변 쓰레기를 줍는 것입니다. 이 일에 익숙해진 나머지 이제 우리 아이들은 차를 타고 가다가도 생기발랄한 목소리로 "아빠, 저기 쓰레기가 있어요, 차를 세워요!"라고 말합니다. 시간이 허락할 때는 실제로 차를 멈추고 쓰레기를 줍기도 하죠.

이상하게 들릴지도 모르지만, 우리는 정말 즐겁게 쓰레기를 줍습니다. 공원에서도, 보도에서도, 아니 어디를 가나 우리는 쓰레기를 줍지요. 그러다 언젠가는 우리 집 근처에서 전혀 모르는 낯선 사람이 쓰레기를 줍는 걸 목격했습니다. 그 사람은 제게 미소를 지어 보이며 말했죠.

"당신 가족이 쓰레기를 줍는 모습을 봤어요. 아주 좋은 생각 같더군요."

쓰레기를 줍는 건 무수히 많은 남을 돕는 방법 중 하나에 불과합니다. 뒷사람을 위해 문을 잡고 기다려 줄 수도 있고, 양로원에서 외롭게 사는 노인들을 방문할 수도 있습니다. 옆집 앞에 쌓인 눈을 치워 줄 수도 있고요.

그다지 힘들지 않지만 사람들에게 도움이 될 만한 일이 무엇이 있을까 생각해 보세요. 신나기도 하고, 자신에게도 이익이 되며, 또 다른 사람들에게도 훌륭한 본보기가 될 수 있는 일 말이에요. 모든 사람이 이길 수 있는 그런 게임 말입니다.

100년 뒤 우리는 이 세상에 없어요

46.
매일 누군가에게
사랑, 존경, 감사를 표현해요

Every Day, Tell at Least One Person Something You Like, Admire,
or Appreciate about Them

　당신은 주위 사람들에게 당신이 그들을 얼마나 좋아하고,
존경하고, 높이 평가하는지 자주 이야기하나요? 많은 사람들
이 그런 표현에 인색하지요. 실제로 제가 사람들에게, 타인으
로부터 얼마나 자주 진심 어린 칭찬을 받는지 물으면, 흔히 이
런 대답이 돌아옵니다.

　"마지막으로 칭찬을 받았던 게 언제인지 기억도 안 나요."

　"별로 들어본 일이 없어요."

　정말 슬프게도, 이렇게 대답한 사람도 있었죠.

　"살면서 한 번도 들어본 적 없어요"

　우리가 다른 사람에 대해 느끼는 긍정적 감정을 말로 표현

하지 않는 데는 몇 가지 이유가 있습니다. 제가 들은 변명은 이런 것들이었죠.

"제가 그런 칭찬을 굳이 말로 할 필요는 없어요. 그들은 이미 제가 그렇게 생각한다는 걸 알고 있으니까요."

"그녀를 존경하지만, 그런 말을 하기는 너무 부끄러워요."

하지만 그 상대방에게 진심 어린 찬사와 긍정적 표현을 실제 당신에게서 듣는다면 좋아하겠느냐고 물어본다면, 열에 아홉은 분명 "당연히 기쁘지요!"라고 대답할 겁니다. "누가 그런 걸 싫어하겠어요?"라고 하겠지요.

정기적으로 칭찬하지 않는 이유가 무엇이든, 뭐라 말해야 할지 잘 모른다거나, 부끄러워서라거나, 아니면 이미 상대방이 자신의 강점에 대해 잘 알고 있으니 굳이 말해 줘야 할 필요가 없다거나, 혹은 그저 단순히 그런 습관이 배지 않아서든 뭐든, 이제는 그 생각을 바꿔야 할 때입니다.

당신이 누군가에게 그 사람을 좋아하고, 존경하고, 고마워한다고 말하는 것은 뜻밖의 친절을 베푸는 것과 같습니다. 일단 당신이 익숙해지기만 한다면, 거의 힘이 들지 않으면서도 엄청난 대가를 얻을 수 있지요. 평생 타인의 인정을 갈망하며 살고 있는 사람들이 정말 많습니다. 특히 부모나 배우자, 자녀나 친구들로부터 그런 말을 듣길 원하죠. 하지만 전혀 알지 못

100년 뒤 우리는 이 세상에 없어요

하는 타인으로부터의 칭찬이라도, 진심에서 우러난 것이라면 얼마든지 기분을 좋게 만들 수 있습니다.

당신이 다른 사람에게 느끼는 긍정적 감정을 그 사람에게 표현하면 그 말을 건네는 당신 자신도 기분이 좋아집니다. 당신이 상대방을 긍정적으로 생각하고 있다는 의미이므로, 그 긍정적 사고가 당신에게 다시 평온함을 되돌려주기 때문이죠.

일전에 식료품 가게에 들렀다가 믿기 어려울 정도의 인내심이 발휘되는 현장을 목격한 적이 있습니다. 계산대의 점원이 뚜렷한 이유도 없이 화가 난 한 고객으로부터 심한 비난을 듣고 있었습니다. 그런데 점원은 그 비난에도 감정적으로 반응하지 않고 차분하게 마음을 가라앉히더군요. 이후 제 계산 순서가 찾아왔을 때 전 그녀에게 이렇게 말해 줬지요.

"방금 당신이 화내는 고객을 대하는 태도에 정말 감동받았어요."

그러자 그녀는 저를 쳐다보며 이렇게 답하더군요.

"감사합니다. 이 가게에서 제게 칭찬의 말을 해 준 사람은 손님이 처음이에요."

그녀에게 제 생각을 전하는 데는 2초도 걸리지 않았지요. 그러나 그 순간은 그녀의 하루 중 가장 밝은 하이라이트가 되었고, 제게도 마찬가지였습니다.

47.
애써 한계를
규정하지 말아요

Argue for Your Limitations, and They're Yours

자신의 한계를 일부러 규정하는 일에 엄청난 에너지를 쏟는 사람들이 많죠.

"저는 그 일을 할 수 없어요."

"어쩔 수가 없어요. 전 언제나 그래 왔거든요."

"저는 앞으로도 사랑이라는 관계를 결코 맺을 수 없을 거예요."

이 외에도 자기 자신을 부정적인 자멸로 이끄는 말들이 수천 가지가 넘죠.

우리의 생각은 아주 강력한 도구입니다. 일단 어떤 일이 우리의 능력 밖이라고 결정해 버리면 스스로 만든 장애물을 넘

100년 뒤 우리는 이 세상에 없어요

어서기가 매우 어려워지죠. 자신이 할 수 있는 한계가 '여기까지'라고 고집한다면 그 한계를 극복하기란 거의 불가능합니다.

예를 들어, "나는 글을 잘 못 써"라고 자신에게 말한다고 가정해 봅시다. 그리고는 자신의 주장을 증명할 증거들을 찾아 나서게 되죠. 고등학생 시절에 썼던 형편없는 에세이, 혹은 지난번 편지를 쓰려고 책상에 앉았을 때 느껴졌던 어색함을 소환할 수도 있습니다. 이런 식으로 자신의 머릿속을 한계로 가득 채우고 나면, 결국 도전과 시도 자체가 두려워지게 됩니다. 작가가 되기를 원한다면 가장 먼저 취해야 할 조치는 가장 혹독하고 신랄한 비평가를 침묵하게 만드는 일입니다. 바로 자기 자신을 말이죠.

언젠가 한 고객이 제게 이런 말을 하더군요.

"좋은 관계를 맺는 것이 제게는 불가능한 일인 것 같아요. 늘 관계를 망쳐 버리고 말거든요."

그녀의 말은 사실이었습니다. 새로운 연인을 만날 때마다 그녀는 부지불식간에 이 연인이 자신을 떠나게 될 이유들을 찾기 시작했죠. 데이트에 늦으면 "난 언제나 늦는 사람이에요" 라고 말했습니다. 둘 사이에 언쟁이 있을 때는 "난 늘 말싸움을 즐겨요"라고 했고요. 이렇게 파트너에게 자신이 사랑받을 가치가 없다는 걸 확신시키려 들었죠. 그리고는 스스로에게 말하는 겁니다. "그것 봐. 난 늘 이런 식이야. 앞으로도 결코 누군가와 좋은 관계를 맺을 수 없을 거야."

그녀는 일이 안 좋은 쪽으로 전개될 거라는 생각을 멈추는 법을 배워야 했습니다. 한계를 고집하고 싶은 생각이 들 때마다 자신을 제어할 필요가 있었죠. "내가 항상 그렇지 뭐"라는 말이 나오려고 하면, "말도 안 되는 소리지. 나는 항상 그렇지 않거든"이라는 생각으로 막아 버려야 했죠.

자신의 한계선을 스스로 긋는 짓은 부정적인 습관일 뿐입니다. 얼마든지 긍정적인 습관으로 바꿀 수 있죠. 요즘 그녀는 전보다 훨씬 나아졌습니다. 자신의 옛날 습관이 다시 고개를 들려고 하면, 가볍게 "흥" 하고 코웃음으로 넘겨 버린답니다.

저 역시, 한계를 인정하고 싶은 상황 앞에서도 그러지 않는 법을 배워 왔습니다. 그리고 아마 당신에게도 같은 원칙이 통할 수 있을 겁니다.

48.
신의 지문이 어디나
묻어 있다는 걸 기억해요

Remember that
Everything Has God's Fingerprints on It

랍비 해럴드 쿠시너는 신이 창조한 모든 것에는 잠재적으로 신성함이 깃들어 있음을 우리에게 상기시켜 줍니다. 인간으로서 우리에게 주어진 과제는 성스러워 보이지 않는 상황에서도 신성함을 발견하는 일이라고 하면서, 우리가 그럴 수 있을 때 우리의 영혼 또한 고양될 거라고 주장하지요.

아름다운 일출이나 봉우리에 눈이 덮인 산, 건강한 아이의 미소, 또는 바닷가 모래 위로 부서지는 파도… 이런 것들로부터 조물주가 만든 아름다움을 찾아내기는 쉽습니다. 하지만 쓰디쓴 인생의 교훈이나 비극적인 가족 문제, 또는 생존을 위한 몸부림처럼 가혹한 상황에서도 성스러운 아름다움을 당신은 발견할 수 있나요?

일상의 어디에든 깃들어 있는 성스러움을 찾아내려는 소망으로 우리 삶이 충만해질 때, 일종의 마법이 일어나기 시작합니다. 그전에는 좀처럼 일어나지 않았던, 일상에 파묻혀 있던 영혼이 고양되는 모습을 비로소 목격할 수 있게 되지요.

'세상 모든 것에 신의 지문이 묻어 있다'는 사실을 떠올리기만 해도 삶의 모든 게 특별해 보입니다. 까다롭게 구는 사람 때문에 힘들어하고, 매달 이런저런 청구서와 고지서를 처리하느라 허리가 휘는 와중에도 우리가 이 영혼의 진실을 기억하기만 한다면, 인생을 바라보는 좀 더 넓은 시야를 누릴 수 있습니다. 당신을 힘들게 하는 그 사람도 신의 피조물이며, 갖가지 비용을 지불하느라 허덕이고 있는 상황에 휩싸여 있어도 당신은 신에게 축복받은 존재라는 점을 깨닫게 될 겁니다.

당신의 마음 저 깊은 곳에, '세상 모든 것에는 신의 지문이 묻어 있다'는 사실을 꼭 기억해 두길 바랍니다. 비록 우리가 어떤 대상으로부터 전혀 아름다움을 느끼지 못할지라도, 그 대상의 내면에 아름다움이 존재하지 않는다고 할 수는 없습니다. 오히려 그 아름다움을 볼 수 있는 더 넓은 관점을 우리가 갖추지 못했거나, 그것을 발견해 낼 수 있도록 충분히 주의 깊게 살피지 않았다는 의미인 것입니다.

49.
비판하고 싶은 충동에
저항하세요

Resist the Urge to Criticize

우리가 누군가를 판단하거나 비판의 말을 할 때, 그 말은 상대방에 대해서는 어떤 것도 설명해 주지 못합니다. 단지 상대방에 대해 비판적이고 싶은 우리 자신의 욕구를 반영할 뿐이지요.

만약 당신이 어떤 모임에 갔는데 사람들이 타인에 대해 비판하는 말을 들었다면, 집에 돌아온 다음 그 모든 비판의 말들이 과연 세상을 더 나은 곳으로 만드는 데 얼마나 기여했는지 한번 생각해 보세요. 결국 저와 같은 결론에 도달할 겁니다. 전혀 기여한 바가 없지요!

비판에는 아무런 유익이 없습니다. 거기서 그치지 않죠. 어떤 문제도 해결하지 못할뿐더러 사람들에게 분노와 세상에 대한 불신만 심어 줄 뿐입니다. 비판받기를 좋아하는 사람은 아무도 없으니까요.

비판에 대한 사람들의 반응은 보통 둘 중 하나입니다. 방어적인 태세를 취하며 버티거나 아예 그냥 뒤로 물러나 버리는 거죠. 공격을 당했다고 느끼는 사람은 이 두 가지 행동 중 하나를 선택하기 쉽습니다. 두려움이나 수치심을 느끼며 물러서거나, 분노에 차서 보복을 하려 들죠. 누군가를 비판했는데, 이렇게 대답하는 사람이 있던가요?

"제 결점을 지적해 주서서 정말 고마워요. 진심으로 감사드립니다."

분명 없을 겁니다. 욕과 마찬가지로, 비판의 말을 또한 사실은 나쁜 버릇에 지나지 않습니다. 다만 너무 자주 반복하다 보니, 그 느낌에 익숙해졌을 뿐이지요.

그렇지만 만약 당신이 남을 비판한 직후에 실제로 어떤 느낌을 받는지 잘 살펴본다면, 쉽게 알아차릴 수 있을 겁니다. 비판의 말을 뱉은 자신조차 약간 위축되고 수치심이 느껴지는데, 그 이유는 비판하면서 마치 자신이 공격당한 것 같은 기분을 받기 때문입니다. 단지 기분에 그치지 않죠. 실제 우리가 누군가를 비판한다는 건 세상과 자기 자신을 향해 "나는 누군가를 비판하고 싶어!"라고 선포하는 것이나 마찬가지지요. 결코 자랑스럽게 떠벌릴 일은 아닌 겁니다.

이에 대한 해결책은 남을 비판하려는 자신을 알아차리는 즉시 그 행동을 멈추는 겁니다. 당신이 얼마나 자주 비판의 말을 뱉는지, 또 그런 다음 얼마나 기분이 나빠지는지, 한번 생각해 보기 바랍니다.

저는 이런 시도를 일종의 게임처럼 대하려 하고 있죠. 가급적 비판을 자제하려 하지만 혹시라도 그런 마음이 들면 저 자신에게 말합니다.

"아휴, 내가 또 이러는구나. 정신 차려야지."

언젠가는 이런 비판의 마음이 전부 인내와 존중으로 바뀌기를 바라면서요.

50.
도저히 인정하지 못할 생각도 받아들여 봐요

Write Down Your Five Most Stubborn Positions
and See if You Can Soften Them

처음 이 전략을 시도했을 때, 제가 정말 인정할 수 없던 부분은, 제가 절대 고집스러운 사람이 아니라는 것이었습니다. 하지만 좀 더 온화해지려고 노력하기 시작한 이후 시간이 좀 흐르자, 제게 어떤 고집스러운 생각들이 있는지가 쉽게 보이더군요.

저의 고객들이 들려준 완고하고 고집스러운 생각들을 몇 가지 적어 보겠습니다.

"스트레스를 받지 않는 사람들은 게으르다."

"내 방법만이 유일한 해결책이다."

"남자들은 상대방의 말을 듣는 귀가 없다."

"아이들을 돌보는 건 너무 고통스러운 일이다."

"사업하는 사람들은 돈밖에 모른다."

이런 사례가 끝도 없다는 건 쉽게 짐작할 수 있겠죠. 여기서 중요한 건 당신이 고집하는 주장이 어떤 것들인지가 아닙니다. 그 주장에 대한 당신의 입장이 너무 완고하다는 게 문제인 겁니다.

당신의 입장을 조금 부드럽게 바꾼다고 해서 당신이 약해지는 건 아닙니다. 오히려 그렇게 할 때 당신은 더 강해집니다. 제 남성 고객 중에 자기 아내가 돈을 너무 많이 쓴다는 생각을 너무 완고하게 가진 나머지 불쾌한 기분에서 벗어나지 못하는 사람이 있었죠. 하지만 살짝 여유를 가지고 스스로를 둘러보자 자신의 완고함을 알아차릴 수 있었습니다. 그리고 그를 당혹시킨 사실은, 실제로는 그 고객이 자기 자신을 위해 임의로 지출하는 돈이 아내가 아내 본인을 위해 지출하는 돈보다 더 많다는 점이었습니다. 결국 그는 머쓱한 웃음을 짓지 않을 수 없었는데, 너무 완고한 생각을 가진 나머지 객관적인 관점마저 잃게 된 셈이었죠.

그가 현명하게 더 부드러운 입장을 취하자, 이 부부의 결혼 생활도 매우 좋아졌습니다. 아내가 쓰지도 않은 돈 때문에 분노하던 그는 이제 아내의 절제에 대해 감사하는 마음을 갖게 되었고, 아내로서도 남편이 자신의 지출 방식을 받아들이고 고마워한다는 것을 느끼자 한층 남편을 사랑하게 되었다고 합니다.

51.
비판을 받아들이고
사라지는 걸 지켜봐요

Just for Fun, Agree with Criticism Directed Toward You
(Then Watch It Go Away)

아주 가벼운 비판에도 우리는 쉽게 경직됩니다. 비판을 받으면 우리는 비상사태라도 만난 듯 행동하며 마치 전쟁터에 내던져진 듯이 자신을 방어하지요. 그러나 사실 비판이란 다른 사람이 우리에 대해, 우리의 행동이나 사고방식에 대해 관찰한 것에 지나지 않습니다. 그리고 그 관찰한 내용이 우리가 자신에 대해 생각하는 이미지와 많이 다를 뿐이고요. 그리 유난 떨 일은 아니잖아요?

비판에 자동반사적으로 방어적인 입장을 취하면 결국 상처를 입을 뿐입니다. 공격을 받았으니 자신을 보호하기 위해서는 마땅히 반격해야겠지요. 그러면서 우리의 마음은 비판을 가한 상대와 자기 자신에 대한 분노, 유해한 생각들로 가득 차게 됩니다. 물론 이 모든 반응에는 엄청난 정신적 에너지가 소모되지요.

이럴 때 놀라우리만치 도움이 되는 방법은, 당신을 향한 비판에 그냥 동의하는 것입니다. 다른 사람들이 당신을 밟고 지나가도 늘 당하기만 하라는 말이 아닙니다. 또 자신에 대한 부정적인 비판을 인정하면서 자존감이 짓밟히도록 내버려 두라는 말도 아닙니다. 다만, 비판을 그냥 받아들이기만 해도 상황이 진정되는 경우가 많다는 얘기를 하고 싶은 겁니다. 그럼으로써 단지 자신의 견해를 드러내고 싶을 뿐인 상대방을 만족시킬 수도 있고, 다른 입장에서 보자면 어느 정도 사실일지도 모를 의견으로부터 뭔가 배울 기회를 얻을 수도 있습니다. 그리고 무엇보다도, 당신이 냉정함을 유지할 수 있다는 장점이 있죠.

여러 해 전, 저는 처음으로 저 자신을 향한 비판에 동의하는 데 성공했습니다. 당시 아내가 제게 던진 "당신은 말이 너무 많아요"라는 말에 마음의 상처를 입었지만, 그 말을 그냥 받아들이기도 했던 게 기억나네요.

"당신 말이 맞아요. 가끔은 내가 말이 너무 많은 것 같네요."

이렇게 동의하는 순간, 저는 이후의 삶을 변화시켜 준 뭔가를 깨달을 수 있었지요. 아내의 의견을 그냥 받아들이자, 그녀가 옳다는 것을 알 수 있었습니다. 때로 제가 정말 너무 말이 많다는 사실을 비로소 발견한 것이죠! 제가 방어적인 태도를 취하지 않은 덕에 아내 또한 여유를 가질 수 있었습니다. 몇 분 뒤 제게 이렇게 말하더군요.

"당신은 정말 좋은 대화 상대예요."

아내가 저에 대해 관찰한 바를 얘기했을 때 제가 만약 화를 냈다면, 이런 말은 들을 수 없었겠지요.

그날 이후로, 나를 향한 비판에 즉각 반발한다고 그 비판이 사라지지는 않는다는 점을 배웠습니다. 오히려 그 비판에 부정적으로 반응하면, 당신을 비판한 상대는 자신의 평가가 정확했다고 확신하게 될 뿐이지요.

이 전략을 시도해 보길 바랍니다. 비판을 그대로 수용할 경우의 이익이 그에 따르는 손해보다 더 크다는 사실을 발견하게 될 겁니다.

52.
의견이 달라도
배울 점을 찾아보세요

Search for the Grain of Truth in Other Opinions

당신이 만약 뭔가 배우는 것을 좋아하고 다른 사람들을 행복하게 만드는 것을 즐거워하는 사람이라면, 분명 이 아이디어가 마음에 들 겁니다.

사람들은 모두 자신의 의견이 좋다고 생각합니다. 그러니까 그 의견을 다른 사람들과 공유하려고 애쓰는 것이겠죠. 그런데 문제는 자신과 상대의 의견을 비교하려는 데서 발생합니다. 그리고 상대의 의견이 자신과 다를 때는 그 의견을 무시하거나 그 의견이 가진 문제점을 찾아내려고 듭니다. 그럼 자신은 의기양양해지고 상대는 주눅이 들겠죠. 그런 태도로는 아무것도 배울 수 없습니다.

100년 뒤 우리는 이 세상에 없어요

거의 모든 의견에는 그 나름의 장점이 있게 마련입니다. 특히 그 의견에서 결함이 아닌 장점을 찾아내는 데 집중할수록 더욱 그렇죠. 다음번에 다른 누군가가 당신에게 의견을 내놓는다면, 그에 대해 판단하고 비평하려고 하기보다는 그 말에서 티끌만 한 진실이라도 찾아내려고 노력해 보세요.

잘 생각해 봅시다. 어떤 사람이나 의견에 대해 비판할 때, 그 비판은 사실 그 대상과는 큰 연관이 없잖아요. 대개는 단지 비판하고 싶은 당신의 내면을 반영하는 것에 지나지 않습니다.

저 역시 사람들의 생각이 제 생각과 다를 때 그에 대해 비판하고 비평하고 싶은 제 모습을 발견하곤 합니다. 하지만 그 횟수는 예전에 비해 훨씬 줄었죠. 저와 입장이 다른 견해에 대해서도 뭔가 티끌만 한 진실이라도 있는지 찾으려 노력한다는 점이 달라졌습니다.

이 간단한 전략을 실천하면, 훌륭한 일 몇 가지가 일어나기 시작할 것입니다. 당신은 상대를 이해하게 될 것이고, 상대방은 타인의 의견을 수용하는 당신의 에너지에 이끌릴 겁니다. 그럼으로써 당신은 더 많은 걸 배울 수 있을 테지요. 물론 무엇보다 중요한 건 당신 자신에 대해 더 만족하게 될 거라는 사실입니다!

53.
유리잔이 이미 깨져 있었다고
생각하세요

See the Glass as Already Broken
(and Everything Else Too)

　이것은 제가 20여 년 전에 불교에서 얻은 교훈입니다. 제게
꼭 필요했던, 있는 그대로의 자신을 받아들이는 데 큰 도움을
주었지요.

　이 교훈의 핵심은, 삶의 모든 것은 끊임없는 변화의 상태에
놓여 있다는 겁니다. 모든 것에는 시작이 있고, 또 끝이 있습
니다. 모든 나무는 씨앗으로부터 자라나고, 마지막에는 흙으
로 돌아갑니다. 모든 바위도 생겨났다가 결국에는 사라지고
맙니다.

　오늘날과 같은 현대사회를 놓고 보면, 모든 자동차, 모든
기계, 모든 옷가지는 생산되고, 낡으며, 결국에는 먼지로 돌아

　　　　　　　　　100년 뒤 우리는 이 세상에 없어요

갑니다. 그저 시간문제일 뿐이지요. 우리의 육신도 태어났으니 언젠가는 소멸하게 될 겁니다. 어떤 유리잔이든 일단 만들어지면 언젠가는 깨지게 될 것입니다.

이 교훈을 통해 마음의 평화를 얻을 수 있습니다. 뭔가가 깨질 거라고 예상하고 있으면, 그 상황이 실제 발생했을 때 크게 놀라거나 실망하지 않지요. 너무 낙심한 나머지 아무것도 하지 못하는 상태가 되는 대신, 이제껏 그 물건을 잘 사용할 수 있었다는 점을 감사하게 생각할 수도 있고요.

유리잔 하나만 가지고도 아주 쉽게 이 교훈을 얻을 수 있습니다. 지금 당신이 가장 아끼는 유리잔을 하나 꺼내 보세요. 그리고 잠시 잔을 바라보면서 그 아름다움과 지금까지 그 잔이 당신의 삶에서 담당해 온 역할에 대해 감사하는 시간을 가져 봅니다. 이제, 그 유리잔이 바닥에 떨어져서 산산이 부서져 있는 모습을 상상해 보세요. 동시에 세상 만물은 시간이 흐르면 결국 해체되어 원래의 요소로 돌아가게 된다는 사실을 떠올리는 겁니다.

자신이 아끼는 잔이나 다른 물건이 깨어지는 것을 좋아할 사람은 당연히 그 누구도 없습니다. 이 철학은 인생을 소극적으로 살라거나 매사에 심드렁한 사람이 되라는 뜻이 아닙니다. 어떤 상황에서도 마음의 평화를 유지할 수 있는 방법을 얘기할 뿐이죠.

좋아하던 유리잔이 정말 깨졌을 때, 이 철학을 실천하면 균형 잡힌 시각을 유지할 수 있습니다. "아, 어쩌면 좋아!" 하고 놀라기보다는 "잔이 깨졌네. 원래대로 돌아갔구나" 하면서 차분히 받아들이는 겁니다. 이 생각대로 살아간다면 당신은 차분한 태도를 얻을 수 있을 뿐 아니라 삶 자체에 감사하는 자신의 모습을 발견할 수 있을 겁니다.

54.

어딜 가든 거기에
당신이 있다는 말을 이해해 봐요

Understand the Statement,
"Wherever You Go, There You Are"

"당신이 어딜 가든, 거기에 당신이 있다."

존 카밧진이 쓴 책의 이 제목처럼, 당신이 어디를 가든지 당신은 그곳에 자기 자신을 데려갑니다. 이 문장의 중요한 역할은, 끊임없이 지금 이곳이 아닌 다른 어딘가에 있기를 바라는 당신의 마음을 멈춰 주는 일이죠.

사람들은 이렇게 생각하는 경향이 있습니다. 지금 내가 있는 곳이 아닌 다른 곳, 다른 상황에 있다면 더 행복할 거라고 말이지요. 휴가를 떠난다거나, 현재의 파트너 말고 다른 파트너를 만난다거나, 다른 직업을 가진다거나, 다른 집에 산다거나, 다른 환경 속에 있다면 지금보다 더 행복하고 더 만족한 삶이 될 거라고 믿는 경향이 있습니다. 하지만 결코 그렇지 않지요!

사실은 이렇습니다. 만약 당신이 자주 화를 내고 타인으로 인해 쉽게 짜증을 느끼거나 인생의 대부분을 분노와 절망으로 보내는 등 자기파괴적인 심리 습관에 매몰되는 와중에 계속 다른 삶을 갈구하기만 한다면, 그 성향은 당신이 어디를 가든지 따라다닐 겁니다. 반대의 경우도 마찬가지입니다. 만약 당신이 좀처럼 화나 짜증을 내지 않고 행복할 줄 아는 사람이라면 어느 장소로 가서 누구를 만나든 부정적인 영향을 거의 받지 않을 테지요.

언젠가 누군가로부터 이런 질문을 받은 적이 있습니다.

"캘리포니아 주 사람들은 어때요?"

저는 그에게 반문했습니다.

"당신이 사는 지역의 사람들은 어떤가요?"

"이기적이고 욕심쟁이들이죠."

"그렇다면 캘리포니아에 와도 이기적이고 욕심 많은 사람들을 보게 될 겁니다."

자동차가 움직이는 원리와 마찬가지로, 우리 삶 또한 내면에 기초하여 외면이 만들어지는 것이지, 그 반대로 진행되지는 않습니다.

이 간단한 사실을 깨닫게 되면 놀라운 일이 일어납니다. 현재 있는 곳이 아닌 어딘가 다른 곳에 있었으면 하는 바람 대신 현재 상태에 만족하는 순간, 바로 지금 여기서 진정한 삶의 평화를 누릴 수 있습니다. 새로운 곳으로 가든, 새로운 일을 하든, 새로운 사람들을 만나든, 당신의 내면에 깃든 평화 역시 당신과 함께 거기에 있을 겁니다.

따라서 이 말은 절대적으로 옳지요.

"당신이 어딜 가든, 거기에 당신이 있다."

55.
입을 열기 전에
심호흡부터 하세요

Breathe Before You Speak

　이 간단한 전략을 시도해 본 사람은 누구나 놀라운 결과를 얻었습니다. 실행과 동시에 인내심이 증가하고, 좀 더 넓은 시각을 갖게 되며, 덤으로 다른 사람들로부터 더 많은 감사와 존경까지 얻게 되지요.

　전략 자체는 너무나도 간단합니다. 상대가 말을 끝낸 뒤에 잠시 시간을 갖고 심호흡을 한 뒤 입을 여는 것이죠. 처음에는 상대의 말이 끝나고 당신의 말이 시작되기까지 그 잠깐의 멈춤이 마치 영원처럼 느껴질 수 있지만, 실제로는 1초도 채 안됩니다.

　그렇게 하다 보면 당신은 심호흡에 담긴 능력과 그로 인해 얻는 이득에 점점 익숙해지고 동시에 감사하게 될 겁니다. 이 전략은 당신이 일상에서 만나는 사람들과 더 가까워지게 만들고, 그들로부터 더 많은 존중을 얻는 경험을 하게 해 줄 것입니다. 또한 상대방의 입장에서, 그 사람의 이야기를 잘 듣고 있다는 인상만큼 소중하면서도 드문 선물은 없다는 점 또한 알게 될 겁니다. 이런 선물을 주기 위해 당신이 해야 할 일은 의지와 연습뿐이죠.

주변에서 오가는 대화들을 잘 관찰해 보면, 많은 사람들이 그저 자기가 말할 차례만을 기다리는 모습을 쉽게 볼 수 있습니다. 실제로 우리는 상대방의 말을 잘 듣지 않죠. 단지 우리 의견을 드러낼 기회를 기다리고 있을 뿐입니다.

다른 사람의 말끝마다 "그래, 그래" 또는 "알고 있어"라면서 급하게 말을 끊고 자신이 말할 기회를 가지려고 합니다. 그런 대화를 지켜보면 서로 치고받는 격투기나 공을 주고받는 탁구처럼 보일 뿐, 대화를 즐긴다거나 대화를 통해 뭔가를 배우려는 모습은 좀체 보이지 않지요.

이처럼 공방이 거듭되는 형태의 대화를 계속하다 보면, 우리는 상대방이 말을 끝내기도 전에 그의 관점을 지적하고, 과민반응하고, 의미를 잘못 해석하며, 잘못된 동기가 있는 것으로 오해하고 자신의 의견만을 주장하려 들기 쉽습니다. 그러면 서로에게 짜증이 나고 신경이 거슬리고 화가 나는 건 너무나도 당연하지요. 오히려 이처럼 '듣는 일'을 못하는데도 여전히 친구가 남아 있다는 자체가 기적일지도 모릅니다!

저도 대부분의 삶을 제가 말할 차례를 기다리며 살아왔습니다. 아마 여러분도 저와 비슷할 겁니다. 앞으로는 자신이 말할 차례를 노리는 대신, 상대방이 편안하게 말을 끝내도록 기다려 주세요. 상대방이 보일 부드러운 반응에 놀라 당신 역시 기분 좋은 즐거움을 얻을 수 있을 겁니다.

어쩌면 상대방은 난생 처음으로 누군가가 자신의 말을 진지하게 들어 주고 있다는 느낌을 경험하게 될지도 모릅니다. 상대방이 느끼는 편안한 감정이 당신에게 분명 전달될 테고, 두 사람 사이의 분위기도 차분해지겠지요. 그러면 상대를 기다려 주다가 자신이 말할 기회를 얻지 못할 거라는 걱정은 사라질 겁니다. 서로의 태도에서 자신에 대한 존중과 인내심을 느끼고, 서로가 말할 때 똑같은 존중과 인내심을 발휘하게 되겠지요.

56.
행복에는 감사하고,
불행에는 품위를 지켜요

Be Grateful when You're Feeling Good
and Graceful when You're Feeling Bad

이 세상에서 가장 행복한 사람일지라도 늘 행복할 수는 없습니다. 얼마간의 우울함, 이런저런 문제들, 마음의 상처를 갖고 있죠. 행복한 사람과 불행한 사람의 차이는 기분이 얼마나 자주 안 좋은지, 혹은 기분이 얼마나 많이 안 좋은지 그 빈도나 강도가 아니라, 그 안 좋은 기분에 어떻게 대처하느냐에 달려 있습니다. 늘 변하기 마련인 기분에 어떻게 대응하느냐가 관건인 것이죠.

대부분의 사람들은 문제를 거꾸로 해결하려 듭니다. 기분이 나빠지면 소매를 걷어붙이고 해결하려고 나서죠. 우울함을 심각하게 받아들이며 그 원인이 무엇인지 파악하고 분석하려고 듭니다. 그러나 나쁜 기분에서 벗어나려고 안간힘을 쏟으면 쏟을수록 문제를 해결하기는커녕 더 복잡하게 만들 뿐이지요.

평온하고 마음에 여유가 있는 사람을 관찰해 보면, 기분이 좋을 때 감사의 마음을 갖는다는 사실을 발견할 수 있습니다. 그들은 기분이란 좋을 때도 있고 나쁠 때도 있으며, 지금 좋다고 해도 언제든 나빠질 수 있음을 잘 이해하고 있죠.

행복한 사람에게는 이것이 아무런 문제가 되지 않습니다. 세상 이치가 다 그렇기 때문이지요. 기분이란 늘 변하기 마련이라는 점을 그들은 인정합니다. 그래서 우울하거나, 화가 나거나, 스트레스를 받을 때도 그러한 감정을 좋은 기분을 대할 때와 마찬가지로 마음을 열고 지혜롭게 받아들이는 거지요.

자신의 감정에 대항해 싸우거나 두려움에 빠지기보다는 안 좋은 감정 역시 지나갈 것이라는 사실을 이해합니다. 부정적인 기분에 빠져들거나 맞서 싸우지 않고, 그저 있는 그대로 받아들이면서 품위를 지킵니다. 그래야 부드럽고 우아하게 부정적인 감정에서 벗어나 긍정적인 감정의 상태로 들어갈 수 있습니다.

제가 아는 가장 행복한 사람 중의 한 명도 수시로 기분이 좋지 않은 상태에 빠집니다. 하지만 다른 사람들과 그가 다른 점은, 기분이 좋지 않을 때도 평온을 유지할 수 있다는 겁니다. 그는 자신의 기분에 거의 신경 쓰지 않는 듯해 보입니다. 필요한 만큼 시간이 지나고 나면 다시 행복해진다는 걸 잘 알고 있기 때문이지요. 기분이 나빠진다는 건 그에게 전혀 문제가 아닙니다.

다음에 기분이 안 좋은 순간이 온다면, 맞서 싸우지 말고 여유를 가져 보기 바랍니다. 두려움에 허둥대는 대신 차분하게 품위를 잃지 않도록 행동해 보세요. 자신의 부정적 감정과 싸우지 않고 우아하게 품위를 지킨다면, 그 나쁜 감정은 마치 저녁에 해가 지듯 사라지게 될 겁니다.

57.
운전은
부드럽게 하세요

Become a Less Aggressive Driver

당신은 어떤 상황에서 가장 초조해하나요? 사람들은 대개 교통 체증 속에서 운전할 때 그런 경험을 하게 되지요. 고속도로를 달리다 보면 마치 자동차 경주 속에 빠져든 듯한 기분마저 느끼곤 합니다.

조금 덜 공격적인 운전자가 되어야 하는 이유 세 가지가 있습니다. 첫 번째, 공격적으로 운전하면 자신과 주변 사람들을 모두 극도로 위험한 상황에 빠뜨리기 때문입니다. 두 번째, 과격한 운전 자체가 큰 스트레스를 줍니다. 혈압이 올라가고, 핸들을 잡은 손에는 긴장감이 가득해지며, 생각은 통제 불능 상태가 됩니다. 마지막으로, 목적지에 도착하고 나면 정작 시간

100년 뒤 우리는 이 세상에 없어요

또한 전혀 절약하지 못했다는 사실을 알게 되지요.

최근에 저는 오클랜드에서 남쪽으로 새너제이까지 운전한 적이 있습니다. 교통 체증은 심했지만 차가 움직이기는 했지요. 그런데 차선을 이리저리 바꿔 가며 속도를 높였다 늦췄다 하는, 매우 난폭하게 차를 모는 어느 운전자가 눈에 들어왔습니다. 그가 급한 상황이라는 것은 분명해 보였죠.

반면 65킬로미터 정도 되는 전체 여정 동안 저는 계속 같은 차선을 유지했습니다. 그리고 얼마 전에 새로 산 음반을 들으며 이동하는 길이 제게는 너무나 즐거웠지요. 운전하는 동안에는 방해받지 않고 혼자만의 시간을 가질 수 있었으니까요.

그렇게 고속도로를 빠져나오는데, 난폭하게 운전하던 그 차가 여전히 경주를 계속하면서 제 차 뒤에 있는 모습이 보였습니다. 제가 그 운전자보다 먼저 새너제이에 도착했던 겁니다. 계속해서 차선을 바꾸며 지그재그로 운전하고, 가속 페달을 밟으면서 가족들을 위험하게 했던 그의 운전은 아무런 효과도 없었습니다. 단지 그의 혈압을 올리고 자동차에 엄청난 손상을 가했을 뿐이었지요. 평균 속도로 따져 보면 그와 저는 거의 똑같았던 셈입니다.

당신의 차를 추월해 빠르게 앞질렀던 자동차를 결국 다음 번 신호등에서 만나게 되는 것도 같은 원리가 적용된 현상입니다. 과속에는 어떤 보상도 없습니다. 특히 과속하다가 속도 위반 딱지를 떼고, 안전 교육까지 받아야 하는 경우라면 더더욱 그렇겠지요. 그 시간을 상쇄하려면 아마 몇 년쯤은 계속 과속하며 위험하게 차를 몰아야 할 겁니다.

당신이 의식적으로 조금 덜 공격적인 운전자가 되기로 결심한다면, 차 안에서 보내는 시간을 여유롭게 바라볼 수 있게 됩니다. 운전하는 시간을 단지 이동에 소요되는 시간이 아니라, 심호흡과 일상을 돌아볼 여유를 누릴 수 있는 시간이라고 여겨 보세요. 공격적인 운전으로 근육을 긴장시키는 대신, 근육을 이완하는 시간으로 만들어 보세요. 긴장을 풀어주는 음악을 들으며 목적지에 도착하고 나면, 출발했을 때보다 훨씬 더 느긋해진 자신을 느낄 수 있을 겁니다.

당신의 일생에서 운전하느라 보내는 시간이 차지하는 비중은 상당히 클 겁니다. 그 시간을 좌절과 분노로 보낼지, 아니면 보다 지혜롭게 사용할지 여부는 당신에게 달려 있습니다. 후자를 선택한다면 당신은 분명 더 여유롭고 느긋한 사람이 될 것입니다.

58.

여유를 갖는 연습을
해 봐요

Relax

'여유를 갖는다'는 것은 어떤 의미일까요? 살면서 여유를 가지라는 말을 수도 없이 많이 듣지만, 진정한 의미를 진지하게 생각해 본 사람은 별로 없을 겁니다.

만약 사람들에게 여유를 갖는다는 말의 의미를 묻는다면, 대개는 이런 대답을 듣게 되겠지요.

"그건 휴가를 떠나 해먹에 누워서 한가로운 시간을 보낼 때나, 아니면 완전히 할 일을 끝마친 다음 은퇴했을 때나 누릴 수 있는 상태를 말하는 거죠."

이 대답에는 이런 상황 외에 인생의 95% 이상을 차지하는 대부분의 다른 시간 동안에는 긴장하거나 불안한 채로, 서두르거나 격분한 채로 보낸다는 암시가 깔려 있습니다. 직접 이렇게 말하는 사람은 거의 없겠지만, 사람들의 대답이 함축하는 바는 분명 그렇지요.

그토록 많은 사람들이 인생을 마치 비상사태인 양 생각하며 사는 이유가 여기에 있을까요? 사람들은 '받은 편지함'이 완전히 비워지는 날까지 긴장을 풀지 않겠다고 마음먹습니다. 물론 그 순간은 절대로 오지 않지만요.

여유라는 것은, 할 일을 다 끝낸 미래 어느 시간에만 가질 수 있는 것이 아니라, 정기적으로 누리는 마음의 상태라고 여기는 게 옳습니다. 느긋한 사람들이 큰 성과를 거둔다는 사실을 떠올리는 것도 도움이 됩니다. 실제로 여유와 창의성은 한 몸과 같죠. 예를 들어 저는 긴장되어 있을 때는 글을 쓸 수조차 없습니다. 하지만 마음에 여유가 있을 때는 글이 빠르고 쉽게 써지곤 하죠.

여유를 갖는 연습을 하면, 삶에서 일어나는 사건들에 다르게 반응할 수도 있습니다. 그런 사건들에 어떻게 반응할지, 그 선택권은 자기 자신에게 있다는 점을 계속 상기해 보세요. 상황을 바라보는 시각은 물론, 자신의 생각도 계속 새로워질 겁니다. 그리고 그런 연습이 계속될수록 당신 또한 좀 더 여유로운 사람으로 변해 갈 테지요.

59.
아이를 돕는 자선단체에 기부하세요

Adopt a Child Through the Mail

이 책을 특정 단체의 홍보 책자로 만들려는 건 아닙니다만, 우편으로 어린이들을 입양한 경험이 제게 대단히 긍정적인 효과를 가져다주었다는 건 꼭 밝히고 싶네요.

실제로 아이를 입양하는 게 아닙니다. 한 아이를 도우며 그 아이에 대해 알아 가는 것입니다. 이 경험은 우리 가족 모두에게 엄청난 기쁨과 만족감을 안겨 줬지요. 여섯 살 난 딸 또한 자선단체를 통해 한 아이를 입양했는데, 그 경험을 통해 많은 것을 기쁘게 배울 수 있었습니다. 제 딸과 그 친구는 정기적으로 편지와 그림을 주고받습니다. 그중 한 그림은 우리 집 거실 벽에 걸려 있죠. 또 서로의 삶에 대한 이야기를 듣는 걸 정말 좋아합니다.

매달 어린이들을 돕는 기관에 아주 적은 금액을 기부하기만 하면 됩니다. 그 돈은 당신이 입양한 아이와 아이의 부모가 그들의 삶에 필요한 물품들을 구하는 데 작은 도움이 됩니다. 아이를 학교에 보내거나 생필품을 구하는 일을 조금이나마 쉽게 해 주기도 하지요.

이러한 나눔이 즐거운 이유는 상호작용의 힘 덕분입니다. 보통은 자선단체에 기부금을 내더라도 자신이 누구를 돕는지 알지 못하죠. 하지만 이런 입양의 경우엔 도움받는 아이가 누구인지 알 수 있을 뿐 아니라 그 아이에 대해 점점 알아 가는 특권까지 누릴 수 있습니다.

또한 정기적으로 관계를 맺고 서로의 삶에 대해 소식을 듣게 되면, 당신이 도움을 줄 수 있는 입장이라는 게 얼마나 큰 축복인지 깨달을 수 있죠. 저뿐 아니라 제가 아는 많은 사람들이 이런 나눔을 통해 감사의 마음을 가질 수 있었습니다.

세상에는 당신도 나눔에 참여할 수 있도록 돕는 좋은 자선단체들이 많습니다. 그중 하나를 잘 선택하세요.

60.
인생을 우아한 작품으로 만들어요

Turn Your Melodrama into a Mellow-Drama

어쩌면 이 전략은 '사소한 것에 목숨 걸지 말라'는 말을 달리 표현한 데 지나지 않습니다. 많은 사람들이 인생을 마치 멜로드라마처럼, 즉 등장인물의 행동과 줄거리를 터무니없이 극적으로 꾸민 연극처럼 사는 듯해 보입니다. 혹시 당신에게도 익숙한 이야기인가요?

극적인 드라마에서는 사건들의 전개가 균형을 잃기 쉽습니다. 사소한 일이 대단한 사건이 되어 버리곤 하지요. 인생이란 생각처럼 나쁘지 않다는 사실을 우리는 종종 망각하고 맙니다. 또 균형을 잡지 못하고 사소한 일을 터무니없이 큰일로 만드는 장본인이 바로 우리 자신이라는 사실 또한 쉽게 잊고 말지요.

인생을 멜로드라마로 만들 필요가 없다는 사실을 상기하는 것만으로도 마음이 차분해진다는 사실을 저는 알게 됐습니다. 지나치게 흥분하거나 스스로에 대해 너무 심각하게 받아들이는 상황이 너무 자주 발생하곤 하는데, 그럴 때마다 저는 자신에게 이렇게 말하지요.

"또 시작이군. 내가 또 멜로드라마를 찍고 앉았어."

그러면 심각함은 어느새 사라지고 저 자신을 보고 웃고 있는 나를 발견하게 됩니다. 이 간단한 일깨움만으로 심각한 상태에서 좀 더 평온한 상태로 바뀌는 거죠. 멜로드라마가 우아하고 원숙한 작품으로 변하는 겁니다.

멜로드라마에서 등장인물이 사소한 일들을 너무 심각하게 받아들여서 삶을 망치는 경우를 본 적 있을 것입니다. 이를테면 다른 등장인물이 불쾌한 말을 던지거나, 상황을 심각하게 오해하거나, 자신의 배우자에게 추파를 던진다거나 하는 식이죠. 이런 경우 그들은 보통 이렇게 반응합니다.

"말도 안 돼. 어떻게 나에게 이런 일이 생길 수 있지?"

그리고는 다른 사람들에게 "너무 끔찍한 일이에요!"라고 말하고 다니며 상황을 더욱 악화시킵니다. 이렇게 삶은 비상사태에 빠진 멜로드라마가 되어 버리는 거죠.

100년 뒤 우리는 이 세상에 없어요

다음번에 스트레스를 받는 상황이 발생하면, 인생은 비상 사태가 아니라는 사실을 자신에게 상기시키면서, 자신의 삶을 멜로드라마가 아닌 멋지고 우아한 예술작품으로 바꿔 보기 바랍니다.

61.
반대 의견에서
배울 점을 찾아요

Read Articles and Books with Entirely Different Points of View
from Your Own and Try to Learn Something

　당신이 읽는 거의 모든 것이 자신의 의견과 관점을 정당화
하고 강화시킨다는 사실을 알고 있나요? 라디오나 TV 채널
선택에서도 마찬가지입니다. 실제 인기가 높은 라디오 토크
쇼를 들어 보면, 그 방송에 전화를 걸거나 사연을 보내는 사람
들은 대개 자신이 그 프로그램에 전적으로 동감한다는 점을
적극적으로 드러내지요. 즉 "나는 이미 당신이 말하는 모든 내
용에 동의하고 있어요. 그러니 더 많은 이야기를 들려줘요"라
는 뜻입니다. 진보든 보수든 다르지 않죠.

　어떤 의견이 우리 안에 형성된 이후에는, 살아가는 내내 그
의견이 옳다는 걸 입증하려 애쓰게 됩니다. 그러나 이렇게 완

　　　　　　　　　100년 뒤 우리는 이 세상에 없어요

고한 태도를 유지하는 건 슬픈 일이지요. 자신과 다른 생각으로부터도 배울 수 있는 점이 너무나 많으니까요. 또한 자신의 생각과 다른 견해에 마음을 닫으려고 하는 자체가 큰 스트레스를 유발하기 때문에 안타까운 일이기도 합니다. 닫힌 마음은 자신의 관점과 다른 모든 것에 거리를 두고 서먹해지게 만들어 버립니다.

우리가 쉽게 잊어버리는 점이 있습니다. 모두가 세상을 보는 자신의 관점만이 유일하게 옳다는 확신을 가지고 산다는 겁니다. 서로 의견이 다른 두 사람이 자신의 의견이 옳다며 드는 예가 똑같은 경우도 발생하지요. 동시에 두 의견 모두가 올바를 수도 있고요.

그러니 우리가 선택할 수 있는 길은 둘 중 하나입니다. 팔을 걷어붙이고 더욱 완고해지겠다고 결심하거나, 아니면 마음을 가볍게 먹고 다른 의견으로부터 뭔가 배우려고 노력하거나.

하루에 몇 분만이라도 자신의 관점과 다른 기사나 책을 읽어 보려고 시도해 보세요. 당신의 마음 깊은 곳에 자리하고 있는 핵심을 바꿀 필요는 없습니다. 단지 새로운 아이디어에 대해 마음을 열고, 생각을 조금 확장해 보라고 권하는 겁니다. 이렇게 열린 마음을 가지게 되면 자신의 생각과 견해가 다르다고 해서 스트레스를 받을 일이 줄어들겠지요.

이 전략을 실천하면 좀 더 인내심을 갖춘 사람이 될 수 있습니다. 또한 다양한 의견으로부터 흥미로움을 얻고 자신과 생각이 다른 사람들이 가진 내면의 순수함을 볼 수 있게 됩니다. 덕분에 더 평온한 사람, 더 철학적인 사람이 될 수 있죠. 자신과 다른 관점들이 가진 논리도 눈에 띄기 시작할 겁니다.

저와 제 아내는 미국에서 가장 보수적인 매체와 가장 진보적인 매체, 두 곳의 뉴스레터를 모두 받아 보고 있죠. 그리고 이 둘 모두 삶에 대한 우리의 관점을 넓혀 주는 중입니다.

62.
한 번에
한 가지씩만 해요

Do One Thing at a Time

　며칠 전 고속도로를 달리는데 한 운전자가 눈에 들어왔습니다. 그는 운전을 하면서 동시에 면도를 하고, 커피를 마시고, 또 신문까지 읽고 있더군요! 순간 제 머릿속에 떠오른 표현은 "완벽하군!"이었습니다. 마침 그날 아침, 현대사회의 광적인 단면을 짚어 줄 적절한 예가 무엇일지 생각하던 중이었으니까요.

　한 가지 이상의 일을 동시에 처리하려고 하는 경우가 얼마나 자주 발생하나요? 휴대폰은 우리 삶을 보다 편하게 해 주려는 의도로 만들어졌지만, 오히려 어떤 면에서는 삶을 더 어지럽게 만들고 있죠.

얼마 전 친구네 집에 저녁 식사 초대를 받아 아내와 함께 방문한 적이 있습니다. 친구는 수화기 너머의 누군가와 대화를 하며 문을 열어 주었고, 저녁 식사를 챙겼으며, 딸아이의 기저귀를 갈아 주기까지 했습니다. (물론 손은 씻었지요!)

우리 모두 누군가와 이야기를 할 때 제 친구와 비슷한 모습을 보이곤 합니다. 마음이 다른 곳에 가 있거나 한꺼번에 서너 가지 일을 동시에 처리하려고 하죠. 한꺼번에 너무 많은 일을 하다 보면, 그 순간에 몰입하기가 불가능해집니다. 그러면 그 일이 주는 즐거움을 놓치게 될 뿐 아니라 집중도와 효율성마저 떨어지게 마련이죠.

이 문제를 해결할 흥미로운 방법이 있습니다. 일정 시간을 정해 놓고 그 시간만큼은 오직 한 가지 일에 집중하는 겁니다. 설거지를 하든, 전화를 하든, 운전을 하든, 아이와 놀아 주든, 배우자와 대화를 하든, 아니면 잡지를 읽든, 오로지 그 일에만 집중하도록 노력하세요. 지금 당장, 당신이 하는 그 일에만 신경 쓰고 전념하는 겁니다. 그러면 두 가지 현상이 발생할 겁니다.

첫째, 당신은 현재 하고 있는 그 한 가지 일을 즐기게 될 것입니다. 비록 설거지나 화장실 청소처럼 재미없고 지루한 일이라도 말이죠. 다른 일에 방해받지 않고 한 가지 일에 집중할 수 있을 때 그 일은 당신의 관심을 완전히 흡수해 버릴 테니까요.

둘째, 당신은 일을 얼마나 신속하게, 그리고 효율적으로 처리할 수 있는지를 확인하고 스스로에게 놀라게 될 겁니다. 제 경우를 떠올려 보면 그 순간에 충실했을 경우, 글쓰기를 비롯해 독서와 집안 청소, 전화 통화 등 거의 모든 영역에서 놀라운 발전 속도를 보였습니다.

당신도 똑같은 결실을 얻을 수 있습니다. 한 번에 한 가지 일을 하겠다고 결심하는 순간 이 모든 효과가 시작되는 겁니다.

63.
화가 날 때는
열까지 세어 보세요

Count to Ten

어릴 때 아버지는 저와 여동생 때문에 화나는 일이 있으면 큰 소리로 열까지 세시곤 했습니다. 아버지를 비롯해 많은 부모가 다음에 어떤 행동을 취할지 결정하기 전에 흥분을 가라앉히는 데 사용해 온 전략이었죠.

저는 이 전략에 심호흡을 결합하여 그 효과를 증대시킬 수 있었습니다. 단지 이렇게 하면 됩니다. 분노가 느껴지면 길게 숨을 들이마시고, 마음속으로 '하나'를 센 후, 온몸의 긴장을 풀면서 숨을 내뱉는 겁니다. 이렇게 같은 과정을 반복하면서 열까지 세면 되지요. 만약 화가 정말 많이 났다면, 스물다섯까지 세어도 좋습니다.

이 훈련은 명상을 통해 생각을 정리하는 방법입니다. 심호흡을 하면서 숫자를 세면 긴장을 푸는 데 큰 도움이 되기에, 이 과정을 거친 후에도 화가 난 채로 있기란 거의 불가능할 정도죠. 폐에 충분히 공급된 산소와 숫자 세기에 걸린 시간 덕에 당신의 시야가 좀 더 넓어지게 됩니다. 덕분에 '심각한 일'도 '별것 아닌 일'로 여길 수 있죠. 이 훈련은 스트레스를 받거나 좌절감을 느낄 때도 동일한 효력을 발휘합니다. 자신의 상태가 불안하다고 느껴진다면 언제든 시도해 보길 바랍니다.

사실 이 훈련은, 마음 상태가 어떻든 간에 상관없이 몇 분을 투자할 만한 가치가 있습니다. 그래서 저는 매일의 일상에 적용해 실천하는 중이죠. 그 덕에 아예 화낼 일이 생기지 않는지도 모르겠습니다.

64.
'태풍의 눈'에 머무는 법을
연습해 봐요

Practice Being in the "Eye of the Storm"

태풍의 눈이란 회오리바람, 허리케인, 토네이도의 한가운데에 있는 특정 지점을 말합니다. 주변의 광풍으로부터 거의 완벽하게 고립된 곳이지요. 주변이 아무리 난폭하고 맹렬하게 휘몰아쳐도 그 중심은 평온히 유지됩니다. 이처럼 혼란의 한가운데에서도 태풍의 눈 속처럼 차분함과 평온함을 지켜낼 수 있다면 얼마나 좋을까요.

하지만 놀라운 건 '인간관계의 태풍' 속에서도 태풍의 눈에 머무는 건 생각보다 훨씬 쉽다는 사실입니다. 단지 의지와 실천만이 필요할 뿐이죠.

예를 들어 난장판이 될 게 뻔한 가족 모임에 가야 한다고 칩시다. 자기 자신에게 말해 보세요. 지금 가야 하는 그 모임을, 혼란 속에서 차분함을 연습하는 기회로 삼겠다고 말이지요. 모임 장소에서 평온함을 유지하는 유일한 사람이 되겠다고 결심하는 겁니다. 심호흡을 하고, 남의 말에 귀를 기울여 보세요. 다른 사람들이 옳다고 인정해 주고 그들을 칭찬해 주세요. 여기서 중요한 건, 당신이 그렇게 하겠다고 마음만 정한다면 충분히 그럴 수 있다는 점입니다.

가족 모임이나 칵테일 파티, 아이들의 생일 파티 등 특별한 위험 요소가 없는 모임에서 평온함을 실천해 보세요. 당신이 얼마나 잘 해내는지 점검해 보고 성공의 기쁨도 누리고요. 태풍의 눈에 머무는 연습을 하면 현재에 더 충실해지고 더 즐거워질 겁니다.

위험 요소가 없는 환경에서 실천하는 훈련을 완벽히 끝마친 후에는 갈등이 가득한 상황이나 고난과 슬픔의 시기처럼 힘든 상황 속에서도 '태풍의 눈'에 머물기를 연습해 보세요. 약간의 성공을 거두면서 계속 훈련한다면, 얼마 지나지 않아 태풍의 눈 속에서 사는 법을 터득하게 될 것입니다.

65.
계획 변경에
유연하게 대처하세요

Be Flexible with Changes in Your Plans

　일단 마음속으로 계획을 세우고 나면, 그 계획을 무시한 채 흘러가는 대로 두기란 어렵습니다. 우리는 성공하려면, 또 어떤 프로젝트를 성공적으로 마치려면 인내가 필요하다고 배워 왔고, 또 어느 정도는 사실이지요. 하지만 그와 동시에 자칫하다가는 엄청난 스트레스에 휘말리기 쉬우며, 타인에게 자주 짜증을 내거나 아예 무관심해질 수도 있습니다.

　제 글쓰기는 대개 아침의 짧은 시간 동안 이뤄집니다. 저는 그 시간을 즐기죠. 이 책을 예로 들자면, 다른 가족들이 일어나기 전에 매일 한두 가지의 전략을 다루는 글을 쓰겠다는 목표를 정해 두었습니다. 그런데 네 살인 딸아이가 평소보다 이른 시간에 일어나서 저를 찾아 위층으로 올라오면 어떻게 될까요? 제 계획을 전면 수정해야 하는 상황이죠. 제가 어떻게 반응해야 할까요?

이런 예도 있습니다. 사무실에 일하러 가기 전에 아침 조깅을 하려는 목표를 세워 둡니다. 그런데 회사에서 긴급한 전화가 와서 조깅을 건너뛰어야 하는 상황이 생긴다면?

우리 누구나 잠재적인 돌발 상황을 무수히 많이 접할 수 있습니다. 갑작스레 계획을 변경해야 하거나, 진행될 거라고 믿었던 일이 일어나지 않거나, 누군가가 하겠다고 약속했던 일을 하지 않거나, 생각보다 수입이 적게 들어오거나, 당신의 일정을 누군가 말도 없이 바꿔 놓거나, 계획과는 달리 남은 시간이 적거나, 전혀 예상치 않았던 일이 발생하거나… 이런 사례는 일일이 나열하자면 끝도 없을 겁니다. 그리고 이런 상황에서 당신이 스스로에게 던져야 할 질문은, 바로 이것이죠.

"정말 중요한 게 뭘까?"

우리는 계획대로 일이 진행되지 않을 때 좌절감을 느끼는 게 당연하다고 항변합니다. 하지만 사실 그것은 우선순위를 어디에 두느냐의 문제입니다. 글쓰기 일정을 엄격하게 지키는 게 더 중요할까요, 아니면 네 살짜리 아이가 아빠를 필요로 하는 순간, 그 부름에 응답해 주는 것이 더 중요할까요? 30분간 조깅을 하지 못하게 됐다고 해서 그토록 화를 낼 필요가 있을까요?

좀 더 보편적인 질문을 던져 보겠습니다. 어느 쪽이 더 중요할까요? 내가 원하는 바를 이루고 계획을 반드시 지키는 일인가요? 아니면 상황이 흘러가는 대로 자연스럽게 놓아두는 법을 배우는 일인가요? 좀 더 평온한 사람이 되고자 한다면 계획에 엄격하려고 애쓰기보다는 흐름에 유연하게 대처하는 자세가 더 중요하다는 것만은 확실해 보입니다.

제가 발견한 또 하나의 유용한 훈련은, 우리가 세우는 계획 중 일부는 반드시 변경된다고 처음부터 생각해 두는 겁니다. 그런 불가피한 상황이 생길 수 있다는 점을 마음속에 미리 받아들여 두면, 실제 그런 상황이 발생했을 때 이렇게 대응할 수 있죠.

"예상했던 불가피한 일이 결국 터졌군."

좀 더 유연한 사람이 되겠다고 마음먹는 순간, 시작될 수 있는 몇 가지 놀라운 일들이 있습니다. 그중 하나는 보다 느긋한 사람이 되면서도 일이 전보다 늦어지지 않는다는 겁니다. 분노와 걱정에 에너지를 쏟지 않아도 되니 생산성과 효율성은 전보다 더 높아질 수 있는 거죠.

또한 한 계획을 일부, 또는 전부 수정해야 하는 상황이 발

100년 뒤 우리는 이 세상에 없어요

생해도 충분히 목표를 달성하고 책임을 다할 수 있다는 사실을 믿을 수 있게 될 겁니다.

그리고 마지막으로, 당신의 주변 사람들 역시 여유를 가질 수 있을 겁니다. 어떤 이유로든 당신이 계획을 변경해야 한다고 해도, 살얼음판 위를 걷는 것처럼 조마조마해야 할 필요가 없다는 걸 깨닫게 될 테니까요.

66.
원하는 것보다 이미 가진 것을
먼저 생각하세요

Think of What You Have Instead of What You Want

스트레스 상담가로 12년 이상 일해 오면서 저는 사람들 사이에 가장 널리 퍼져 있는 마음속의 파괴적인 생각을 지켜봐 왔습니다. 바로 우리가 현재 소유하고 있는 것보다 우리가 바라는 것에 초점을 맞추는 생각입니다. 현재 얼마나 많이 갖고 있는지는 생각지 않고, 그저 자꾸 원하는 걸 더 늘리는 데만 집착하는 거죠. 결국 불만족한 상태에 늘 머무르고 말리라는 건 자명한 사실입니다.

사람들의 사고방식은 이렇습니다. "내가 원하는 것들을 다 가지면 행복해질 거야." 그런데 그 욕구가 충족되고 나면 원하는 건 더 늘어나고 똑같은 사고가 다시 반복되고 말지요.

100년 뒤 우리는 이 세상에 없어요

제 친구 중 한 명이 일요일에 새집을 사는 계약을 맺었다고 했습니다. 그리고 얼마 지나지 않아 다시 만났을 때 글쎄, 다음번에 사고 싶은 더 큰 집이 있다고 얘기하는 게 아니겠습니까! 이 친구만 그런 것은 아닙니다. 우리 대부분 똑같이 행동합니다.

이것 또는 저것을 원하죠. 만약 원하는 것을 얻지 못하면, 갖지 못한 것들에 대해 계속 생각합니다. 그러면서 언제나 불만족한 상태로 살아가는 것이지요. 원하는 것을 얻었다고 해도 환경이 바뀌면 다시 그에 맞는 욕구가 생겨납니다. 이러니 원하는 걸 얻어도 여전히 행복할 수가 없는 겁니다. 새로운 욕구를 계속 갈구하는 한 행복은 절대로 얻을 수 없지요.

다행히도 탈출법이 있습니다. 생각의 초점을 '우리가 원하는 것'이 아닌 바로 '지금 가진 것'으로 옮기면 됩니다. 배우자가 달라졌으면 하고 바라는 대신, 배우자가 가진 장점들을 떠올려 보세요. 월급이 적다고 불만을 갖기보다는 번듯한 직장이 있다는 사실에 감사해 보세요. 해외로 떠나는 휴가를 바라기보다는 집 근처에서 친구들과 보냈던 즐거운 시간에 고마워하세요. 이런 예를 열거하자면 끝이 없습니다!

"내 삶이 지금과는 다른 모습이면 좋겠어"라는 생각의 덫에 빠져드는 것이 느껴지면, 일단 바로 한 걸음 뒤로 물러나길 바랍니다. 심호흡을 하고 당신의 삶에서 감사를 표할 만한 모든 조건을 떠올려 보세요. 원하는 것이 아니라 이미 가진 것에 집중하게 되면, 결국 당신이 원하는 것도 더 빨리 얻을 수 있는 결과로 이어질 겁니다.

자신이 원하는 것보다, 이미 가진 것에 대해 생각하는 습관을 길러 보세요. 그럴 때, 이전보다 삶이 훨씬 행복해지는 것을 경험하게 될 것입니다. 그리고 어쩌면 평생 처음으로 만족감이 어떤 느낌인지를 정확히 알게 될지도 모릅니다.

67.
부정적인 생각을
무시하는 연습을 해요

Practice Ignoring Your Negative Thoughts

사람들은 보통 하루에 약 5만 가지의 생각을 떠올린다고 합니다. 정말로 많은 생각을 하는 거죠. 그중 일부는 긍정적이고 생산적입니다. 하지만 불행하게도 우리는 화내고, 두려워하고, 비관하고 걱정하는 등 수없이 많은 부정적인 생각에 빠지기도 합니다.

보다 평온한 사람이 되고 싶다면, 정말 중요한 질문은 부정적인 생각이 드느냐, 들지 않느냐 여부가 아닙니다. 핵심은 당신에게 떠오른 부정적인 생각을 '어떻게 다루는가'입니다.

부정적인 생각을 다루는 데는 실제로 두 가지 선택밖에 없습니다. 한 가지는 그 생각들을 '분석'하는 겁니다. 깊이 생각하고, 충분히 곱씹고, 연구하고, 생각에 생각을 거듭하는 거죠. 또 다른 한 가지는 그 부정적인 생각을 그냥 '무시'하는 겁니다. 그 생각을 멈추고, 관심을 덜 쏟고, 심각하게 받아들이지 않는 거죠. 후자를 선택할 때, 당신은 훨씬 더 효과적으로 평온한 사람이 될 수 있습니다.

당신에게 어떤 '생각'이 떠오르면, 말 그대로 그것은 그냥 '생각'일 뿐입니다! 당신이 그것에 동의하지 않는 한, 그 생각은 당신에게 상처를 줄 수 없습니다.

예를 들어, 과거에서 비롯된 '우리 부모님이 나를 잘못 키운 것을 생각하면 정말 화가 나'라는 생각이 있다고 합시다. 이 생각을 곱씹고 거기에 깊이 빠져들수록 당신의 마음은 점점 더 혼란스러워질 겁니다. 당신은 이 생각을 매우 중요하게 여기며 자신이 불행할 수밖에 없는 원인이라고 확신하는 지경에 이릅니다.

당신이 내릴 수 있는 또 다른 선택이 존재합니다. 마음속에 생각의 눈덩이가 커지는 걸 인지하고 바로 그 생각을 멈추는 거죠. 그렇다고 당신의 어린 시절이 힘들지 않았다며 부정하는 건 아닙니다. 실제 당신은 매우 힘든 어린 시절을 보냈을 수도 있죠. 하지만 어떤 생각에 더 집중할 것인지는 지금의 당신에게 주어진 선택권입니다.

오늘 아침, 아니 바로 5분 전에 있었던 생각에도 당신은 똑같은 전략을 적용할 수 있었죠. 출근하려고 문을 나서다가 가족과 벌였던 언쟁은, 더 이상 현재가 아닙니다. 그것은 이제 당신의 마음속에 있는 하나의 생각에 불과할 따름입니다.

이 전략은 오늘 저녁이나 다음 주, 아니면 10년 후의 미래에 대한 생각에도 그대로 적용될 수 있습니다. 어떤 경우라도 당신의 마음을 가득 채우고 있는 부정적인 생각을 무시하거나 멈출 수 있다면, 평온함을 느끼기까지 시간이 그리 오래 걸리지는 않을 것입니다. 그리고 평온한 마음가짐을 누릴 때 지혜와 상식으로 일상을 지켜낼 수 있습니다. 이 전략을 내 것으로 만들기까지는 연습이 필요하지만, 노력할 만한 가치가 충분합니다.

68.
친구와 가족에게서
기꺼이 배워 봐요

Be Willing to Learn from Friends and Family

제가 발견한 현상 중에 정말 슬픈 것이 하나 있습니다. 사람들이 자신과 가장 가까운 사람, 즉 부모나 배우자, 자녀 또는 친구로부터 무엇인가를 배우는 일을 꺼린다는 점입니다. 뭔가를 배워 보겠다고 마음을 열기보다는 두려움, 완고함, 자존심 등등 때문에 그들과 자신을 아예 차단해 버리는 거죠. 마치 이렇게 말하는 듯합니다.

"그 사람에게 내가 배울 수 있는 것이나 배우고 싶은 건 이미 모두 배웠어. 이제 더는 배울 수 있거나 배워야 하는 게 없어."

참으로 슬픈 일입니다. 왜냐하면, 가장 가까운 사람들이야말로 우리를 가장 잘 아는 존재이기 때문이지요. 우리가 때로 방어적인 태도를 취하면 바로 알아차리고 간단한 해결책을 제시해 줄 수 있는 사람들이란 말입니다. 만약 자존심이 너무 강하거나 고집이 세서 가까운 사람들로부터 배우기를 거부한 다면, 삶을 보다 낫게 만들 수 있는 훌륭하고도 간단한 방법을 놓치는 셈입니다.

저는 친구와 가족의 제안에 마음을 열려고 노력하고 있습니다. 그리고 가족들과 친구들에게 "내가 지금 놓치고 있는 게 뭘까?" 하고 묻기도 합니다. 이런 질문을 받은 사람은 자신이 상대방에게 특별하고 필요한 존재라는 느낌을 받지요. 그리고 질문을 한 본인은 탁월한 충고를 선물받게 됩니다.

이것은 우리의 성장을 위한 매우 단순한 지름길인데도 이 방법을 사용하는 사람은 거의 없습니다. 필요한 건 단지 약간의 용기와 겸손, 그리고 자존심을 잠시 덮어 두는 결심뿐입니다. 당신이 만약 남의 제안을 무시하거나, 그 제안을 비난으로 받아들이고, 또는 가족 구성원 중 누군가를 무시하는 버릇이 있는 사람이라면, 이 전략은 매우 효과적일 것입니다. 당신이 진심으로 그들에게 조언을 구할 때 그들이 얼마나 충격을 받을지 한번 상상해 보세요.

질문을 받는 사람이 충분히 대답할 수 있는 질문을 선택하길 권합니다. 예를 들면, 저는 아버지에게 사업에 관한 조언을 종종 요청하지요. 비록 아버지가 하시는 말씀이 '일장 훈시'가 될지라도, 그 조언은 그만한 가치가 있습니다. 아버지의 조언이 없었다면 비싼 대가를 치르고 배워야 했을 삶의 지혜를, 저는 어렵지 않게 터득하는 거니까요.

69.

지금 있는 자리에서 행복하세요

Be Happy Where You Are

안타깝게도 많은 사람이 행복을 미래로, 뒷날로 무한정 미루고 있습니다. 의식적인 결정은 아니더라도 우리는 자신에게 '언젠가는 나도 행복해질 거야'라는 생각을 끊임없이 주입시키고 있죠. 갖가지 청구서를 다 갚고 나면, 졸업하고 나면, 첫 직장을 얻거나 승진하게 되면, 그때는 행복해질 거라고 끊임없이 되뇝니다.

결혼을 하면, 아이를 갖게 되면, 그다음 또 다른 순서로 또 무엇인가를 완료하면, 그때는 삶이 좀 더 나아질 거라고 자신에게 확신시킵니다. 그런데 결혼을 하고 아이가 태어나면, 이제는 아이가 너무 어리다는 사실이 절망감을 안기죠. 아이가 좀 더 크면 그때는 상황이 좋아질 것 같습니다. 하지만 아이가 자라 이내 다루기 힘든 골칫덩어리 10대가 되면, 그때는 아이가 10대만 넘기면 확실히 더 행복해질 거라고 생각합니다.

하지만 이런 생각은 끊이지 않죠. 배우자가 정신을 좀 차리고 자기 역할을 제대로 해 준다면, 더 멋진 집과 차를 장만할 수 있다면, 멋진 휴가를 떠날 수 있다면, 그리고 은퇴를 하고 나면 삶이 완벽해질 것이라고 말이지요. 그 이후에도 행복을 미래로 미뤄야 할 이유가 끝없이 이어집니다.

그동안에도 삶은 계속 진행됩니다. 진실은, 우리가 행복을 누리는 데 지금 이 순간보다 더 좋은 시간은 없다는 겁니다. 지금이 아니라면 언제 행복하겠다는 말인가요? 삶은 늘 도전과 과제로 가득할 것입니다. 가장 좋은 방법은 이 사실을 받아들이고, 상황이 어떻든 상관없이 행복하기로 결심하는 것입니다.

저는 "사랑하라, 한 번도 상처받지 않은 것처럼"이라는 경구로 유명한 알프레드 디 수자의 명언을 좋아합니다.

"오랫동안 내게는 진정한 삶이 곧 시작될 것처럼 보였다. 하지만 그 길에는 언제나 몇 가지 장애물이 있었다. 먼저 해결해야만 하는 일들이 있었고, 아직 끝마치지 못한 일들이 있었다. 아직 더 일해야 하는 시간과, 갚아야 할 빚이 있었다. 그것들이 다 해결되고 나면 진정한 삶이 시작될 거라고 생각했다. 하지만 그 장애물들이 곧 나의 삶이었다는 사실을 나는 비로소 깨닫게 되었다."

삶을 바라보는 그의 시각 덕분에 저는 다음과 같은 사실을 깨달을 수 있었습니다. '행복에 이르는 길'은 어디에도 없습니다. 행복은 '길' 그 자체니까요.

70.
연습이 당신을 만든다는 사실을 기억하세요

Remember that You Become
What You Practice Most

대부분의 영적 훈련과 명상법의 기본 원칙은 반복적으로 연습을 계속하는 것입니다. 다시 말하면 당신은 가장 많이 연습하고 있는 그 모습으로 바뀌게 될 거라는 이야기지요.

삶이 제대로 풀리지 않을 때마다 초조해하고, 다른 사람의 비난을 들을 때마다 매번 자신을 방어하고, 자신만이 옳다고 주장하고, 타인의 적대감에 민감하게 반응하며 부정적인 생각을 눈덩이처럼 키워 가며 삶이 늘 비상사태인 것처럼 행동하는 습관이 있다면… 나중에 자신의 삶을 되돌아봤을 때, 늘 그런 연습을 해 왔기에 결국 삶이 그런 모습으로 바뀌어 있음을 확인하게 될 겁니다. 어떻게 보면, 좌절을 연습하다 보니 좌절

100년 뒤 우리는 이 세상에 없어요

하는 삶을 살게 됐다고 할 수 있는 거죠.

하지만 마찬가지로, 연습을 통해서 자신 안에 있는 공감과 인내, 친절, 겸손, 평온함을 이끌어낼 수 있습니다. 저는 "연습이 완벽을 만든다"라는 말이 분명 옳다고 생각합니다. 그렇다면 연습의 대상이 무엇인지도 분명 중요하지 않을까요?

이 말은 우리가 평생을 점점 더 나은 사람이 되겠다는 거대한 목표를 설정하고, 그 목표를 이뤄 나가는 거창한 프로젝트를 진행해야 한다는 의미가 아닙니다. 단지 내적으로, 또 외적으로 자신이 어떤 습관과 경향성을 가졌는지 알고 그것들을 조심스레 다뤄야 한다는 얘기를 하는 겁니다.

당신은 무엇에 관심을 가지고 있나요? 당신의 시간을 어떻게 보내고 있나요? 당신이 이루겠다고 선언한 목표에 도움이 되는 습관을 가꾸고 있나요? 당신이 일관되게 원하는 삶의 모습과 실제 삶은 과연 일치하고 있나요? 자신에게 이런 질문들을 던져 보고, 정직하게 답해 보세요. 단순히 그런 문답만으로도 자신에게 가장 유익한 전략이 어떤 것인지 결정하는 데 도움이 될 겁니다.

혹시 이런 생각을 하고 있지는 않나요?

"혼자 보낼 수 있는 시간이 더 많았으면 좋겠어."

"명상하는 법을 늘 배우고 싶었어."

그런 생각을 하면서도 지금까지 왜 그 생각을 실천할 시간을 내지 못했나요? 슬프게도 사람들은 마음을 고양시키는 삶의 활동을 위한 시간을 내기보다는, 세차를 하거나 TV 프로그램 재방송을 보는 일에 훨씬 더 많은 시간을 투자합니다. 심지어 별로 좋아하지도 않는 프로그램인데도 말이죠. 당신이 삶에서 늘 연습하는 대상이 곧 자신의 모습이 될 거라는 사실을 떠올린다면, 아마 지금과는 다른 것을 연습하게 될 겁니다.

71.
마음을 고요히
가라앉혀 보세요

Quiet the Mind

파스칼은 이런 말을 남겼습니다.

"인간의 모든 문제는 홀로 방 안에 가만히 앉아 있지 못하는 데서 비롯된다."

좀 과한 표현인 듯싶기도 하지만, 어쨌든 고요한 마음이 내면의 평화를 지키는 근간이 된다는 사실만은 분명합니다. 그리고 내면이 평화로운 사람은 외적으로도 드러나게 마련이지요.

마음을 고요하게 만드는 기법은 다양합니다. 묵상, 심호흡, 사색, 시각화 등 다양한 방법이 있지만 전 세계적으로 가장 인정되고 널리 사용되는 방법은 명상입니다. 하루에 고작

5분이나 10분 정도의 시간만 투자해도 당신은 마음을 차분하고 고요하게 다듬을 수 있습니다.

그러면 우리는 일상에서 일어나는 일들에 대해 흥분하지 않고 반응할 수 있게 되고, 덜 화가 나게 되며, '비상사태'가 아닌 '사소한 일'로 세상을 바라볼 수 있는 멋진 시각을 갖게 됩니다. 명상은 절대적인 여유로움을 경험하게 함으로써 당신을 차분하게 만들어 줍니다. 당신을 평온함 가운데 머무르게 해 주지요.

세상에는 다양한 형태의 명상법이 있습니다. 하지만 본질적으로 명상은 '생각 비우기'와 연관돼 있죠. 보통 명상은 조용한 분위기에서 혼자 합니다. 눈을 감고 호흡에 집중합니다. 숨을 깊이 들이쉬고 내쉽니다. 마음속에 어떤 생각이 떠오르게 되면 부드럽게 그 생각을 그냥 흘려보내고 다시 호흡에 집중합니다. 이 과정을 몇 번이고 반복합니다. 시간이 흐를수록 당신은 호흡에 관심을 집중하고, 집중을 방해하며 떠오르는 생각들을 그냥 흘려보낼 수 있게 됩니다.

명상이 결코 쉽지 않다는 것을 금방 알게 될 겁니다. 마음을 고요하게 유지하려고 시도하는 순간, 머릿속이 금세 생각들로 가득 차게 되니까요. 초심자는 정신을 집중한 상태를 몇 초 이상 유지하기가 무척 어렵습니다. 효과적으로 명상을 하

100년 뒤 우리는 이 세상에 없어요

기 위해서는 자신에게 관대해지고 명상을 꾸준히 실행해야 합니다.

쉽지 않다고 해서 결코 낙담하지 마세요. 매일 몇 분씩만 명상을 해도 시간이 지날수록 놀라운 성과를 거두게 될 겁니다. 적어도 제가 아는 사람들 가운데, 하루 중 명상의 시간을 갖지 않으면서 내면의 평화를 유지하는 경우는 거의 없었습니다.

72.
요가를
배워 보세요

Take Up Yoga

　명상과 마찬가지로, 요가 역시 좀 더 느긋하고 편안한 사람이 되기 위한 매우 효과적이고도 인기 있는 방법입니다. 수세기 동안 요가는 마음을 정돈하고 비우는 데 활용돼 왔습니다. 사람들에게 편안함과 침착함을 선사하기 때문이지요.

　요가는 하기도 쉽고 하루에 몇 분만 투자하면 됩니다. 그리고 더 중요한 것은, 연령층과 감당할 수 있는 운동 강도에 상관없이 '누구나' 할 수 있다는 점입니다. 저도 피트니스 센터에서 진행된 요가 강좌에 참여한 적이 있었는데, 열 살 소년과 여든일곱 된 할아버지가 함께 요가를 배우고 있었습니다. 요가는 본래 경쟁과 거리가 멉니다. 그저 자신에게 적절한 속도와 불편하지 않은 강도에 따라 서서히 배우면 그만이지요.

요가는 기본적으로 신체적인 동작을 취하는 것이지만, 신체와 정서에 모두 유익합니다. 신체적으로 요가는 근육과 척추를 강화하며 유연함과 편안함을 가져옵니다. 정서적으로는 스트레스 해소에 엄청난 효과가 있습니다. 몸과 정신과 영혼이 균형을 이루게 하여 편안함과 평온함을 느끼게 합니다.

요가는 일련의 스트레칭 동작으로 이루어져 있는데, 쉬운 동작과 어려운 동작이 공존합니다. 스트레칭은 몸을 펴고 척추를 늘리도록 돼 있습니다. 평소에 긴장되고 수축된 상태에 놓여 있는 신체 부위인 목과 등, 엉덩이와 다리, 척추에 집중하죠. 이 부위들을 스트레칭하면서 그 동작에 초점을 맞추는 겁니다.

요가의 효과는 정말 놀랍습니다. 단 몇 분만 하더라도 생기가 넘치게 되고, 몸이 열리며, 평온함과 편안함을 느낄 수 있죠. 정신도 맑아져서 남은 하루를 좀 더 편안하고 집중된 상태로 보낼 수 있습니다.

예전에는 너무 바빠서 요가를 연습할 수 없다고 생각했습니다. 그때는 시간이 없다고 느꼈었지요. 그러나 지금은 그 반대로, 요가를 안 할 시간이 없습니다. 이제 요가는 제게 너무나 중요해서 꼭 해야만 하는 것이 되었지요.

저는 요가를 통해 더 젊어지고 있고, 삶의 활력을 느끼고 있습니다. 요가는 가족이나 친구들과 함께 시간을 보내는 방법으로도 더없이 훌륭합니다. 저는 요즘 두 딸과 함께 TV를 보는 대신, 종종 요가 영상을 보면서 몇 분씩 함께 스트레칭을 하곤 한답니다.

73.
베풂을 삶의 일부로
받아들여요

Make Service an Integral Part of Your Life

　좀 더 친절하고 다정한 사람이 되려면 그에 걸맞은 실천이 필요하지요. 하지만 반드시 지켜야 하는 의무나 따라야 할 처방이 있는 건 아닙니다. 오히려 친절과 관대한 행동이 자연스럽게 진심에서 우러나는 게 중요하지요. 그리고 이런 행동은 봉사가 마음속에 기본적으로 깔려 있는 사람으로부터 나옵니다.

　제게 많은 가르침을 안겨 준 제 스승들과 철학자들은 "오늘은 어떤 방법으로 남을 도울까?"라는 질문으로 하루를 시작해 보라는 제안을 했습니다. 그 과정에서 저는 이 질문이, 타인들을 도울 수 있는 수많은 방법을 떠올리는 데 큰 도움이 된다는 점을 알게 되었지요. 그렇게 하루를 시작하면 하루 종일 그에 대한 답이 수시로 머릿속에 떠오르거든요.

타인에게 도움이 되는 삶을 인생의 목표 중 하나로 삼는다면, 가장 적절한 방법들을 발견할 수 있을 겁니다. 남을 돕는 방법은 무수히 많습니다. 곤경에 처한 친구에게 방 한 칸을 빌려주고, 기차에서 노인에게 자리를 양보하고, 어린아이가 정글짐을 오르게 돕고, 조언이 필요한 사람들을 찾아가 강연하거나 책을 쓰고, 딸의 학교에 가서 자원봉사를 하고, 자선단체에 기부금을 내고, 거리의 쓰레기를 줍는 등의 일들을 통해 저는 남에게 도움을 주려 노력하고 있지요.

여기서 핵심은, 남을 돕는 일은 결코 한 번으로 끝나는 게 아니라는 겁니다. 또한 누군가를 위해 베풂을 실천한 다음, 왜 그 사람은 자신에게 또는 또 다른 사람들에게 베풀지 않는지 의심하는 것도 아니죠. 남을 돕는 삶이란, 그저 평생에 걸쳐 이뤄지는 겁니다. 그것은 일종의 '삶의 태도'이자 '삶의 방식'이라는 말이지요.

남에게 도움을 주는 일은 매우 단순한 경우가 많다는 것을 저는 깨달았습니다. 우리의 일상에서 마음만 먹으면 실천할 수 있는, 작고, 조용하고, 보통 남들이 알아차리지 못하는 친절을 베풀면 되는 겁니다. 이를테면 배우자가 뭔가 새로운 도

100년 뒤 우리는 이 세상에 없어요

전을 시작하려고 할 때 응원을 해 주거나 이야기를 들어 주는데 약간의 시간과 에너지만 있으면 되는 것과 마찬가지죠.

좀 더 이타적인 존재가 되겠다는 목표에 도달하려면 아직 저 또한 갈 길이 멀다는 걸 잘 압니다. 하지만 남을 도우면서 사는 삶을 제 인생의 필수 요소로 삼고, 그런 삶을 위해 노력하면서, 제가 선택한 삶의 방식에 점점 더 뿌듯함을 느끼곤 하지요.

옛날부터 내려오는 격언이 하나 있습니다.

"베풂 자체에 보상이 있다."

정말로 맞는 말입니다. 당신이 베풀 때, 동시에 당신 역시 받게 되지요. 사실, 당신이 받는 것은 곧 당신이 베푸는 것과 정비례합니다. 자신만의 방식으로 보다 자유롭게 베풀 때, 당신이 상상했던 이상의 평온함을 경험하게 될 겁니다.

모두가 이기는 것입니다. 그중에서도 특히 당신이 승자가 된다는 게 중요하지요.

74.
호의를 베풀고
보답을 기대하지 마세요

Do a Favor and Don't Ask For, or Expect, One in Return

이 전략은 베풂을 삶의 기본 요소로 받아들이고 실천할 수 있도록 도와줍니다. 실제로 실천해 보면, 아무런 보답을 기대하지 않고 누군가를 돕는다는 게 얼마나 쉽고, 또 얼마나 기분 좋은 일인지 금방 알게 될 겁니다.

의식적으로든 무의식적으로든, 우리는 다른 이들로부터 보답이 돌아오기를 기대합니다. 특히 누군가를 위해 내가 뭔가를 베풀었을 때는 더더욱 말이지요.

"내가 목욕탕 청소를 했으니, 부엌 청소는 당신이 해야겠지."

"내가 지난주에 그녀의 아이를 돌봐 주었으니까 이번 주에는 그녀가 우리 아이를 봐 줘야 할 차례야."

이런 생각은 '베풂은 그 자체가 보상'이라는 진리를 망각하고 자신이 베푼 호의를 하나하나 따져 가며 점수를 기록하는 것이나 마찬가지죠.

누군가를 위해 뭔가 좋은 일을 하겠다고 마음먹었다면, 그냥 하세요. 그러면 편안함과 평온함이라는 아름다운 감정을 느끼게 될 것입니다. 활력 넘치는 운동이 뇌에 엔돌핀을 생성하고 신체의 기분을 좋게 해 주는 것처럼, 사랑의 마음으로 친절한 행동을 할 때 당신의 감정에도 동일한 효과가 발생합니다. 당신이 받게 될 보상은, 자신이 친절한 행동을 하고 있다는 걸 인식함으로써 느껴지는 그 기분입니다. 자신의 행동에 대한 보상을 요구하지 마세요. 심지어 "고맙습니다"라는 말조차 들으려 하지 말아요. 당신이 베푼 선행을 상대방이 알아야 할 필요조차 없습니다.

이 평온함을 느끼지 못하도록 만드는 장애물은, 보답을 기대하는 우리의 마음입니다. 선행에 대한 보답으로 우리가 무엇을 원하는지, 무엇이 필요한지 생각하다 보면 평온함은 깨어지기 마련입니다. 해결책은 '이 일에 대한 보답으로 나는 이걸 원해'라는 생각이 떠오를 때마다, 자신의 상태를 인지하고 생각을 멈춰 버리는 겁니다. 그 생각이 사라지고 나면 다시 긍정적인 기분이 되돌아올 수 있습니다.

누군가를 위해 베풀 수 있는 정말 사려 깊은 일을 떠올려 본 뒤, 보답은 전혀 기대하지 않고 그 일을 실천해 보세요. 집 정리를 말끔하게 해서 배우자를 놀라게 한다거나, 이웃집 대문 앞을 청소해 준다거나, 일찍 퇴근해서 아이들과 놀아 주는 것도 그중의 한 방법이 될 수 있겠지요.

호의를 베풀고 난 뒤 상대로부터 그 어떤 대가도 바라지 않고, 순수한 마음으로 정말 멋진 일을 했다는 따스함과 뿌듯함 속에 머물 수 있는지 직접 확인해 보세요. 이런 연습을 계속한다면, 그 좋은 느낌만으로 충분한 보상이 될 거라고 저는 확신합니다.

75.
문제로부터
배우는 자세를 가져요

Think of Your Problems as Potential Teachers

사람들은 대개 삶에서 느끼는 스트레스 중 많은 부분이 우리가 겪고 있는 문제에서 비롯된다는 점에 동의할 겁니다. 어느 정도는 사실이죠. 하지만 좀 더 정확하게 분석해 보면, 우리가 느끼는 스트레스의 강도는 문제 자체보다는 그 문제를 바라보는 우리의 시각과 더 큰 관련이 있음을 알 수 있습니다.

어떤 문제가 발생했을 때 당신은 그것을 자신의 문제로 만들어 버리는 경우가 얼마나 많나요? 모든 문제를 다 비상사태로 여기지는 않나요? 아니면 그 문제를 잠재적으로 자신에게 교훈을 줄 수 있는 선생이라고 생각하나요?

인생의 문제는 다양한 형태와 크기로 다가오게 마련이고,

심각한 정도도 다 다릅니다. 하지만 모든 문제에는 한 가지 공통점이 있죠. 바로 우리가 그것을 원하지 않는다는 점, 다른 모습으로 나타나기를 원한다는 점 말입니다. 문제가 우리를 힘들게 할수록 우리는 그 문제가 사라지기를 더욱 간절히 원하게 되지만, 그럴수록 문제가 점점 더 악화되는 것처럼 보이기에 그로 인한 스트레스는 더 커져만 갑니다.

다행스러운 점은, 반대의 경우도 마찬가지라는 겁니다. 우리가 어떤 문제를 피할 수 없는 삶의 한 부분으로 받아들이고 그로부터 교훈을 얻을 수 있다고 생각한다면, 마치 어깨를 짓누르던 무거운 짐이 벗겨진 듯한 기분이 들 수 있습니다.

오랫동안 해결하기 위해 고군분투했던 어떤 문제를 떠올려 보세요. 지금까지 그 문제를 어떤 식으로 다뤄 왔나요? 아마도 그 때문에 힘들어하고, 마음속에서 떨쳐 내지 못한 채 해결책을 찾기 위해 분석에 분석을 거듭했을 겁니다. 하지만 결국 답을 얻지 못했겠죠. 그 모든 몸부림 끝에 결국 당신은 무엇을 얻었나요? 아마도 더 많은 혼돈과 스트레스뿐일 겁니다.

이제 그 문제를 새로운 시각으로 바라보세요. 밀어내거나 저항하려 애쓰지 말고 그냥 받아들여 보세요. 마치 머릿속에서 그 문제를 온몸으로 껴안는다고 생각해 보는 겁니다. 그리고 그 문제로부터 배울 수 있는 가치 있는 교훈이 무엇일지 스스로에게 질문해 보세요. 똑같은 문제에 부딪히기 전에 좀 더 조심성을 길러야겠다, 인내심을 키워야겠다, 이런 생각이 떠오를 수도 있을 겁니다. 혹은 욕심과 시기, 부주의나 용서 등에 대해 배울 수도 있겠지요. 이런 태도를 가지면 당신이 해결하려고 애쓰는 문제가 무엇이든지, 그 문제를 좀 더 여유 있게 바라보고 진심으로 교훈을 얻고자 하는 마음이 생겨날 겁니다.

이 전략을 실천하면, 마치 꽉 쥐었던 주먹을 펼 때처럼 마음이 한결 부드러워지고, 대부분의 문제는 우리 생각과는 달리 비상사태가 아니라는 점 또한 깨닫게 됩니다. 그리고 우리가 그 문제로부터 배워야 할 교훈들을 깨닫고 나면, 대개 그 문제는 어느새 사라져 있을 테지요.

76.
알지 못한다고
불안해하지 말아요

Get Comfortable Not Knowing

옛날 어느 마을에 매우 지혜로운 노인이 살고 있었습니다. 마을 사람들은 이 현자(賢者)가 자신들의 질문과 걱정에 대해 현명한 대답을 해 주리라 굳게 믿었죠.

어느 날, 그 마을의 한 농부가 현자를 찾아가 극도로 흥분된 목소리로 말했습니다.

"지혜로운 어르신, 저를 도와주십시오. 끔찍한 일이 일어났습니다. 저의 소가 죽어서 이제 제 집에는 밭을 갈 수 있는 가축이 없습니다. 정말 일어날 수 있는 가장 불행한 일이 제게 일어난 것 아닙니까?"

그러자 노인은 대답했습니다.

100년 뒤 우리는 이 세상에 없어요

"그럴 수도 있고, 그렇지 않을 수도 있다네."

그 농부는 서둘러 마을로 달려가서 이웃 사람들에게 현자가 미쳤다고 말했습니다. 분명히 내 소가 죽은 것은 최악의 사건인데, 현자라는 사람이 대체 어떻게 그걸 모르는 거지?

바로 그다음 날, 농부의 농장 근처에 힘이 세고 젊은 말 한 마리가 나타났습니다. 농부에게는 더 이상 밭을 갈 소가 없었기에 말을 데려다가 소 대신 밭을 가는 데 쓰기로 했지요. 농부는 기분이 너무 좋았습니다. 밭을 가는 일이 이보다 쉬웠던 적은 없었으니까요. 그는 현자를 찾아가 용서를 구했습니다.

"지혜로운 어르신, 당신이 옳았습니다. 소를 잃은 것이 이 세상에서 일어날 수 있는 최악의 일은 아니었네요. 그것은 불행으로 위장한 축복이었습니다. 그런 일이 일어나지 않았다면 저는 결코 말을 얻지 못했을 테니까요. 이 일이 제게 일어난 최고의 축복이라는 점에 어르신도 동의하실 겁니다."

그러자 노인이 대답했습니다.

"그럴 수도 있고, 그렇지 않을 수도 있다네."

또다시 아니라니, 농부는 노인이 정신이 나간 게 틀림없다고 생각했습니다. 그러나 농부는 자신에게 무슨 일이 일어날지 미처 몰랐지요. 며칠 뒤 농부의 아들이 말을 타다가 떨어졌고, 다리가 부러지는 바람에 농사를 도울 수 없게 되었습니다.

아니 어떻게 이런 일이 생긴 거지? 이제 우린 굶어 죽게 생겼구나. 농부는 생각했습니다. 그리고 다시 노인에게 찾아갔습니다. 그리고 이번에는 이렇게 물었습니다.

"제가 말을 얻은 것이 좋은 일이 아니라는 것을 어떻게 아셨나요? 어르신의 말씀이 또 맞았습니다. 제 아들이 다쳤고 그 애는 이제 수확을 도울 수 없게 됐죠. 이번에는 정말로 세상에서 일어날 수 있는 최악의 일이 일어났습니다. 어르신도 이번에는 분명히 동의하시겠지요?"

그러나 노인은 그전처럼 농부를 물끄러미 바라보더니 동정 어린 목소리로 대답했습니다.

"그럴 수도 있고, 그렇지 않을 수도 있다네."

지혜로운 노인이 이렇게까지 무지할 수 있다는 사실에 농부는 화가 머리끝까지 치밀어 돌아갔죠.

바로 그다음 날, 이제 막 발발한 전쟁터에 내보낼 신체 건장한 남자들을 징집하기 위해 군대가 들이닥쳤습니다. 다리가 부러진 농부의 아들만 마을에서 유일하게 끌려 나가지 않았죠. 전쟁터로 끌려간 다른 젊은이들은 죽을 게 확실했고, 농부의 아들은 살 수 있었습니다.

이 이야기가 주는 교훈은 매우 강력합니다. 인생의 앞날에 우리에게 어떤 일이 벌어질지, 우리는 모른다는 것이죠.

100년 뒤 우리는 이 세상에 없어요

그럼에도 우리는 그저 안다고 생각할 뿐입니다. 그러면서 별로 중요하지 않은 일을 대단한 사건으로 만들어 버리지요. 온갖 끔찍한 일들이 일어날 시나리오를 머릿속으로 마구 그려 내면서요.

대개의 경우, 우리의 시나리오는 빗나갑니다. 만약 여러 가능성에 대해 차분하고 열린 마음으로 대처할 수 있다면, 결국에는 모든 게 잘 될 겁니다.

꼭 기억하세요.

그럴 수도 있고, 그렇지 않을 수도 있습니다.

77.
불완전한 자신도
있는 그대로 받아들여요

Acknowledge the Totality of Your Being

　소설 《그리스인 조르바》에서 주인공 조르바는 자신을 '대재앙'이라고 묘사합니다. 사실 우리 모두 그와 다르지 않습니다. 단지 우리 스스로가 대재앙은 아니었으면 하고 바랄 뿐이지요. 우리는 자신이 완벽하지 않다는 사실을 받아들이기보다, 마음에 들지 않는 부분을 부정하는 쪽을 택하려 합니다.

　자신을 있는 그대로 받아들이는 게 매우 중요한 이유는, 그럴 때 자신을 좀 더 편안히 받아들이고 스스로에게 공감할 수 있기 때문입니다. 불안함을 느끼며 그 속에서 행동하면서도 아무렇지 않은 척, 괜찮은 척하기보다는 불안하다는 사실을 인정하고 스스로에게 말해 보세요.

"좀 두렵지만, 괜찮아."

질투심이나, 욕심, 분노를 느낄 때도, 그 느낌을 없는 것처럼 묻어 버리려고 하지 마세요. 있는 그대로 받아들이고 마음을 연다면, 그 감정을 보다 빨리 극복하고 더 성장하게 될 것입니다. 부정적인 감정이 생겨도 그것을 대단히 엄청나거나 무서운 것으로 여기지 않는다면, 더는 그로 인해 두려워하는 마음이 자라나지 않을 겁니다. 자신의 모습 전체를 있는 그대로 받아들이면, 더 이상 자신의 삶이 완벽한 것처럼 꾸미지 않아도 되고, 나아가 언젠가는 그런 삶을 살게 될 거라고 기대하지 않아도 됩니다. 바로 지금 이 순간 있는 그대로의 자신의 모습을 받아들일 수 있는 것이죠.

자신의 불완전함을 인정하면 놀라운 일이 벌어지기 시작하지요. 자신의 불완전한 면과 함께, 이제까지는 그다지 높게 평가하지 않았거나 존재조차 몰랐던 자신의 긍정적이고 훌륭한 면들이 눈에 띄기 시작할 겁니다. 때로는 이기적으로 행동할 때도 있겠지만, 때로는 놀라울 정도로 이타적인 자신의 모습이 드러나게 될 겁니다. 때로는 불안과 두려움에 휩싸이기도 하겠지만, 대개는 자신이 용기 있는 사람이라는 점을 깨닫게 되지요. 간혹 크게 긴장하기도 하지만, 또한 평상시에는 더없이 여유로운 자신의 모습이 눈에 들어오기 시작합니다.

자신의 모습 전부를 있는 그대로 받아들인다는 것은 스스로에게 이렇게 말하는 것과 같습니다.

"완벽하지 않을지 몰라도, 지금 내 모습 그대로 괜찮아."

그러면 부정적인 면들이 올라오려고 할 때도 그것을 더 큰 그림의 일부로서 받아들일 수 있게 됩니다. 인간이기에 누구나 갖는 모습만으로 자신을 판단하고 평가하려고 하지 말아요. 자신을 보다 큰 사랑과 친절로서 대하고, 스스로에게 더 넓은 포용력을 베풀어 보세요. 어쩌면 당신이 정말 '대재앙'일지도 모르죠. 하지만 그래도 상관없습니다. 우리 모두 다 마찬가지니까요.

78.
자신을 너무
몰아붙이지 마세요

Cut Yourself Some Slack

이 책에서 다루는 전략 하나하나는 당신이 좀 더 여유 있고, 평온하고, 다정한 사람이 되도록 돕기 위한 겁니다. 그러나 이 퍼즐 전체에서 가장 중요한 조각은, 당신의 목표가 '지금 하고 있는 일에 여유를 갖고, 너무 흥분하지 않으며, 걱정하지 않기'란 걸 늘 기억해야 한다는 거죠. 이 책의 전략들을 연습하고 마음속에 항상 담아 두세요. 완벽하지 못할까 봐 걱정하는 일은 이제 관두고요.

자신을 너무 몰아붙이지 마세요. 종종 그 사실을 잊고 다시 예전으로 돌아가 긴장하고 좌절하고 스트레스를 받는 반응이 나타날 수 있지만, 그런 현상에도 익숙해지세요. 그런 일이 일어나도 괜찮습니다. 삶은 여러 일들이 하나씩 발생하고 진행되는 과정이에요. 잠시 끈을 놓쳤다 해도 그냥 다시 시작하면 되는 겁니다.

사람들이 내적인 평화를 유지하려고 노력하면서 가장 자주 저지르는 실수는, 약간의 문제만 생겨도 좌절한다는 거죠. 이를 해결하기 위해서는 자신의 실수를 배움의 기회로 삼고, 보다 성숙한 인생을 누리고 균형 잡힌 시각을 갖기 위해 전진하는 과정 중에 있다고 생각해야 합니다.

자신에게 이렇게 말해 보세요.

"이런, 또 실패했네. 어쩔 수 없지. 다음번에는 이 문제를 다르게 처리해 봐야겠어."

이런 연습이 쌓이고 시간이 흐르면, 삶을 대하는 당신의 태도에도 엄청난 변화가 생길 겁니다. 단, 그 변화는 결코 단숨에 일어나지 않습니다.

누군가 이 전략의 메시지를 요약한 듯한 제목의 책을 써 보라고 제게 제안했던 게 기억나네요. "나는 괜찮지 않아. 너도 괜찮지 않고. 그래도 다 괜찮아." 자신에게 휴식을 주세요. 그 어떤 타자도 100% 타율은 쳐 내지 못합니다. 그 근처에도 접근하지 못해요. 당신은 최선을 다하고 올바른 방향으로 가기만 하면 됩니다. 오직 그 사실만이 중요하지요.

균형 잡힌 시각을 갖기 위해 배우고, 자기 자신을 사랑하는 마음을 가진다면, 아무리 문제투성이라도 상관없습니다. 당신은 행복한 인생으로 향하는 길을 잘 걷고 있는 중이니까요.

79.
남 탓하기는
이제 그만둬요

Stop Blaming Others

　뭔가가 기대에 미치지 못할 때, 사람들은 이렇게 생각합니다. "확실하진 않지만, 이건 분명 다른 누군가가 잘못했기 때문일 거야." 당신의 시선이 닿는 어느 곳에서나 이런 현상을 쉽게 찾아볼 수 있죠.

　어떤 물건이 제자리에 있지 않으면 다른 누군가가 옮겨 놓은 게 분명하고, 자동차가 제대로 작동하지 않으면 정비사가 엉터리로 고친 게 틀림없고, 가계의 지출이 수입을 초과하면 당신의 배우자가 과소비를 하고 있는 것이며, 집 안이 난장판이면 집에 자신 외에는 아무도 정리하는 사람이 없기 때문이고, 직장에서 프로젝트가 일정보다 늦어지면 동료가 업무를 제대로 처리하지 않은 탓이라고 여깁니다. 이런 예는 끝없이 나열할 수 있죠.

'남의 탓으로 돌리기'는 오늘날 우리 문화에 너무나 만연해 있습니다. 이런 현상은 개인으로 하여금 자신의 행동, 문제, 행복에 대한 책임이 전적으로 자기 자신에게 있는 게 아니라고 믿게 만들죠. 사회적으로는 경솔한 소송이 범람하고, 범죄자들의 궁지에서 벗어나기 위한 말도 안 되는 변명이 난무하게 됩니다. 다른 사람을 탓하는 습관에 빠져 있으면 심지어 자신의 분노와 좌절, 우울증, 스트레스, 불행까지도 죄다 타인의 탓으로 돌리게 되지요.

개인의 행복에 미치는 영향을 따져 보면, 남을 탓하는 습관을 가지고서는 절대 평온한 사람이 될 수 없습니다. 물론 우리의 문제가 다른 사람이나 환경 때문에 발생하는 경우도 종종 있을 겁니다. 그렇지만 그런 상황일지라도 적극적으로 대처하여 자신의 행복에 책임을 져야 할 사람은 결국 우리 자신인 거죠. 환경이 직접 사람을 어떤 모습으로 만들지는 않습니다. 다만 그 사람의 진정한 모습을 드러나게 만들 뿐이지요.

삶에서 일어나는 모든 일과 모든 상황에 대한 책임을 남 탓으로 돌리는 걸 멈추는 실험을 해 보세요. 다른 사람의 잘못된 행동에 대한 책임이 그 사람에게 없다고 생각하라는 게 아닙니다. 단지 당신의 행복과, 타인과 주변 상황에 대한 당신의 반응은 전적으로 당신 자신에게 달려 있다는 뜻이지요.

집 안이 엉망일 때, 집안에서 청소하는 사람은 나밖에 없다고 불평하는 대신, 그냥 깨끗하게 치워 버려요. 또 가계의 지출이 수입을 초과하면 자신의 지출 내역 중에 소비를 줄일 부분이 없는지 살펴보고요. 불행하다고 느끼는 순간 당신을 다시 행복하게 만들 수 있는 건 당신뿐이라는 사실을 스스로에게 일깨워 주세요.

'남 탓하기'를 그만두면, 자신이 삶의 주인공이라는 자신감을 다시 얻을 수 있습니다. 자신을 삶에 일어나는 일들에 대한 선택의 주체로 보게 됩니다. 화가 날 때, 그 감정을 일으키는 핵심이 자신이라는 점을 알게 됩니다. 긍정적인 감정을 일으키는 핵심도 마찬가지고요.

남 탓하기를 멈출 때, 삶은 훨씬 더 멋지고 재미있고 다루기 쉬운 대상으로 당신에게 다가옵니다. 한번 시도해 보세요. 그리고 당신에게 어떤 일이 일어나는지 확인해 보세요.

100년 뒤 우리는 이 세상에 없어요

80.
아침을 좀 더 일찍
맞이해 봐요

Become an Early Riser

간단하면서도 실질적인 이 전략 덕에 좀 더 평화롭고, 심지어 보다 의미 있는 삶을 살게 된 사람들을 저는 많이 봐 왔습니다.

많은 사람이 잠자리에서 일어나자마자 출근 준비를 서두르고 커피 한 잔을 들고 허둥대다가, 문을 박차고 나가 일터로 향합니다. 하루 종일 일한 뒤에는 지친 몸으로 집에 돌아오고요. 집에서 자녀들을 돌보는 아빠나 엄마도 마찬가지입니다. 아이를 돌봐야 하는 시간이 딱 되어서야 침대에서 일어나죠. '일' 외의 활동을 할 수 있는 시간은 정말 전혀 없어 보입니다. 직장에서 일하든, 집에서 가족을 돌보든, 아니면 그 둘을 다

하든, 당신은 이미 너무나 지친 상태이기 때문에 남은 시간을 즐길 에너지조차 남아 있지 않죠.

이렇게 누적된 피로에 대한 해결책으로 보통 '최대한 잠을 좀 자야겠어'라고 생각합니다. 그리고 여가시간을 온통 잠으로 채우죠. 이런 삶은 사람들의 가슴 깊은 곳에 풀리지 않는 갈망을 자라나게 합니다. 삶에는 일과 자녀와 수면 외에도 중요한 것들이 분명 많으니까요.

피곤해지는 이유를 다른 방향에서 살펴보면, 성취감의 결핍, 그리고 일에 늘 치이는 듯한 느낌이 피로감을 더욱 가중시키는 걸 알 수 있습니다. 따라서 사람들이 일반적으로 선택하는 해결책과는 반대로 잠을 조금 줄이고, 자신만을 위한 시간을 더 갖는 것이 오히려 피로감을 줄여 줄 수 있죠. 하루를 시작하기 전에 오직 자신만을 위해 한두 시간을 투자하는 건 삶의 질을 높일 수 있는 놀라운 방법입니다.

저는 보통 새벽 3시에서 4시 사이에 일어납니다. 조용히 커피 한 잔을 마신 뒤 약간의 시간을 내어 요가를 하고 몇 분간 명상에 잠기지요. 그런 다음엔 위층으로 올라가 한동안 글을 씁니다. 또는 좋아하는 책을 골라서 몇 장을 읽습니다. 때로는 몇 분간 아무것도 하지 않은 채 가만히 앉아 있기도 합니다. 그러다 일출 시간이 되면 하고 있던 모든 일을 멈추고 산

등성이에서 해가 떠오르는 장관을 감상합니다. 이때는 전화
벨도 울리지 않습니다. 저에게 뭔가를 해 달라고 요청하는 사
람도 없죠. 반드시 해야 하는 일이란 게 전혀 없는, 하루 중에
서 가장 고요한 시간입니다.

아내와 아이들이 잠자리에서 일어날 즈음이면 저는 이미
하루를 즐겁게 보낸 듯한 기분을 느낍니다. 그날 하루가 아무
리 바쁘고, 제 시간을 요구하는 수많은 일이 생긴다고 해도 이
미 저만의 시간을 충분히 누렸기에, 내 삶이 내 것이 아니고
인생을 강탈당하는 것 같은 기분은 들지 않습니다. 그 덕분에
아내와 아이들 그리고 고객들과 저를 필요로 하는 사람들에
게 더 많은 시간을 기꺼이 내줄 수 있지요. 그런데 불행하게도
자신의 인생을 자신의 것이 아닌 듯 느끼며 사는 사람들이 자
주 보입니다.

아침에 일찍 일어나는 생활 습관만큼 자신의 삶에 중요한
변화를 가져다준 건 없었다고 많은 사람이 말합니다. 평생 처
음으로, 바쁜 일상에 양보해 왔던 자신만을 위한 고요한 시간
을 가지게 되었다고요. 어느 순간, 책을 읽을 수 있게 되었고,
명상을 할 수 있게 되었으며, 해 뜨는 모습을 보고 감사하게
되었다고 말합니다.

이런 시간을 가질 수 있다면, 당신이 느끼게 될 만족감은

그 대가로 내어 준 약간의 수면 시간을 충분히 보상하고도 남을 것입니다. 그 시간마저 너무 아깝다면, 밤에 TV를 보는 대신 한두 시간 정도 일찍 잠자리에 들면 될 테고요.

81.
남을 도울 때는
작은 실천에 집중하세요

When Trying to Be Helpful,
Focus on Little Things

앞서도 얘기했듯, 마더 테레사는 이렇게 말했습니다.

"이 땅에 사는 동안 우리는 위대한 일을 할 수 없습니다. 단지 위대한 사랑으로 작은 일을 할 뿐입니다."

언젠가 위대한 일을 하겠다는 큰 계획 때문에 지금 이 순간 작은 일을 할 기회를 잃어버릴 때도 있지요. 친구 하나가 제게 이렇게 말한 적이 있었습니다.

"내 인생이 남을 돕는 삶이 되었으면 좋겠어. 비록 지금은 아무것도 할 수가 없지만 말이야. 언젠가 내가 정말 성공하면 그때는 다른 사람들을 위해 많은 일을 할 거야."

그렇지만 그가 성공을 향해 전진하는 동안에도 거리에는

굶주린 사람들이 있고, 말동무를 원하는 노인들이 있으며, 자녀들을 돌보는 데 도움이 필요한 엄마들이 있습니다. 글을 읽을 줄 모르는 사람들, 집에 페인트칠을 해야 하는 이웃, 쓰레기가 나뒹구는 골목, 그리고 우리의 손길을 기다리는 수천, 수만 가지 작은 일들이 있죠.

마더 테레사의 말이 맞습니다. 우리는 이 세상을 바꿀 수 없습니다. 그리고 세상을 좀 더 밝은 곳으로 만들기 위해 세상을 바꿀 필요는 없습니다. 우리가 정말 해야 할 일은, 지금 당장 할 수 있는 작은 일에 집중하는 것입니다. 저는 저만의 방식으로 남을 도울 수 있는 길을 고민하고, 우연히 친절을 베푸는 걸 좋아합니다. 이 작은 행동들은 거의 항상 제게 엄청난 만족감과 마음의 평화를 가져다주지요.

만약에 우리가 베푸는 친절이 세상에 과연 실제로 어떤 영향을 미칠지 따져 본다면, 그 미미한 결과에 좌절한 나머지 아마 더는 친절을 베풀고 싶은 마음이 들지 않을 겁니다. 하지만 만약 어떤 친절이든 진정 마음을 쏟으며 행한다면, 우리도 베푸는 기쁨을 느낄 수 있을 것이고, 세상 또한 조금은 더 밝아질 수 있을 겁니다.

100년 뒤 우리는 이 세상에 없어요

82.
100년 후 우리는 세상에 없음을 기억하세요

Remember, One Hundred Years from Now,
All New People

최근에 친한 친구 패티가 자신이 가장 좋아하는 작가로부터 얻은 한 가지 지혜를 저에게 나누어 주었습니다. 그리고 덕분에 삶을 바라보는 훌륭한 관점 하나를 얻을 수 있었죠.

역사적 기준으로 볼 때, 100년은 그다지 긴 세월은 아닙니다. 하지만 한 가지는 분명합니다. 지금으로부터 100년 후에 우리는 모두 세상을 떠나 있을 거란 점이죠. 이 생각을 마음속에 담아 두고 있으면, 위기나 스트레스 상황에서 우리가 어떤 관점을 가져야 할지 알게 됩니다.

타이어에 펑크가 났다거나, 열쇠를 집 안에 두고 나왔는데 문이 잠겼다고 생각해 보세요. 지금부터 100년 후에 이 일들은 어떤 의미를 가질까요? 누군가가 당신에게 불친절하게 행동했던 일이나, 당신이 매일 밤을 새우며 일하는 것은요? 지저분한 집이나 망가진 컴퓨터는 어떤가요? 고대하던 휴가를 가지 못하게 된 일, 원하던 자동차를 살 수 없게 된 일, 더 넓은 아파트로 이사를 갈 수 없게 된 일은요? 100년 후에 우리가 더 이상 세상에 존재하지 않는다는 점을 기억한다면, 이 모든 일을 바라보는 관점이 좀 더 깊어질 겁니다.

바로 오늘 아침, 저는 일터에서 있었던 작은 위기로 인해 마음이 혼란스러웠고 잔뜩 긴장하게 되었습니다. 예약이 겹치는 바람에 같은 시간에 두 고객이 동시에 내방하는 상황이 발생한 거죠. 저를 과도한 스트레스와 지나친 긴장으로부터 구해 준 생각은, 100년 후에는 아무도 이 순간을 기억하지 않을 것이며 아무도 신경 쓰지 않을 것이라는 자각이었습니다.

저는 차분하게 실수를 인정하고 그 상황을 책임지기로 했습니다. 그리고 두 고객 중 한 사람이 기꺼이 예약을 변경하는 데 동의해 주었죠. 늘 그렇듯이 쉽게 '큰 사건'이 될 수도 있는 '사소한 일'이었던 겁니다.

83.
심각함에 빠지지 말고
가벼워지세요

Lighten Up

요즘 사람들은 거의 모두 너무 심각한 것 같습니다. 첫째 딸은 제게 "아빠, 또 그 심각한 표정을 하고 있어"라는 말을 자주 합니다. 사람들을 심각해지지 않도록 돕는 일에 전념하는 저와 같은 사람조차 너무 심각하게 살고 있나 봅니다.

사람들은 거의 모든 일에 대해 화를 내거나 긴장합니다. 자신이 약속에 5분 늦을 때도, 다른 사람이 5분 늦게 나타날 때도 그렇습니다. 또 차가 막힌다거나, 다른 누군가가 안 좋은 시선으로 우리를 바라보거나, 우리에 대해 사실이 아닌 이야기를 할 때도 마찬가지죠. 청구서 금액을 지불하거나, 줄을 서서 기다릴 때, 음식을 태웠거나 어쩔 수 없는 실수를 저질렀을 때 등등, 우리는 너무 심각해진 나머지 상황을 올바로 바라보지 못할 때가 많습니다.

이런 긴장감의 뿌리는 삶이 기대와는 다를 수도 있다는 사실을 받아들이지 못하는 데 있습니다. 간단히 말해, 우리는 어떤 일이 특정한 모습으로 전개되기를 원하지만, 정작 그 일은 우리 바람대로 진행되지 않는다는 겁니다. 아마도 이 진리를 가장 잘 표현한 사람은 벤저민 프랭클린 같습니다.

"우리의 좁은 시각과 희망사항, 그리고 두려움이 우리 삶의 척도가 된다. 그러나 주변 환경이 우리의 생각과 다르게 나타나면, 우리에게는 곧 문젯거리로 여겨지는 것이다."

우리는 주변의 일들, 사람들과 사건들이 우리가 원하는 바로 그 모습으로 나타나길 기대하며 삽니다. 그리고 원하는 대로 되지 않으면 맞서다가 고통받기 일쑤지요.

과도한 심각함에서 벗어나는 첫걸음은 자신에게 문제가 있다는 점을 인정하는 겁니다. 더 평온한 사람이 되려고 노력해야 하고요. 당신이 가진 지나친 긴장감은 결국 스스로 만들어냈다는 걸 깨달아야 합니다. 그건 지금까지 당신이 삶을 살아온 방식, 삶에 대응한 방식의 결과인 것이죠.

그다음 단계는, 당신이 가진 기대의 수준과 좌절의 강도 간의 관련성을 이해하는 겁니다. 일이 특정한 방식으로 전개

100년 뒤 우리는 이 세상에 없어요

되기를 원하는 와중에 그렇게 풀리지 않으면, 당신은 화가 나고 고통을 느끼게 될 겁니다. 반면 기대를 내려놓고 삶을 있는 그대로 받아들인다면 비로소 자유로워질 수 있죠. 집착은 긴장과 심각함을 낳습니다. 기대를 내려놓아야 가벼워질 수 있고요.

딱 하루만이라도 아무 기대 없이 살아보는 건 아주 좋은 연습입니다. 사람들이 친절하게 대하리라고 기대하지 마세요. 그러면 불친절을 겪어도 마음이 불편하지 않을 겁니다. 혹시 타인의 친절을 경험한다면 그 기쁨은 배가 되겠지요. 하루 종일 아무 문제가 발생하지 않기를 기대하지 마세요. 그 대신 문제가 생기면 스스로에게 이렇게 말하는 겁니다. "아, 넘어야 할 장애물이 하나 생겼네."

만약 하루를 이런 자세로 산다면, 삶이 얼마나 우아하게 흘러갈 수 있는지 알게 될 겁니다. 인생에 맞서 싸우는 대신 인생과 손을 맞잡고 춤을 추게 될 겁니다. 그렇게 연습을 계속하면 곧 삶 전체가 가벼워질 겁니다. 그리고 당신이 좀 더 가벼워질 때, 인생은 당신에게 훨씬 더 큰 즐거움을 선사할 겁니다.

84.
식물에게
무조건적인 사랑을 쏟아 보세요

Nurture a Plant

　이 전략은 언뜻 보기에는 이상하게 들리거나 피상적인 제
안으로 보일지도 모르겠습니다. '과연 식물을 가꾸는 일이 삶
에 얼마나 도움이 되려나?' 싶겠지요.

　충만한 삶을 살기 위해, 그리고 내면의 평화를 얻기 위해
꼭 필요한 요소 중 하나는 무조건적인 사랑을 배우는 것입니
다. 문제는 한 사람을, 아니 어떤 사람이든 무조건적으로 사랑
하는 일은 정말 어렵다는 거죠. 우리가 아무리 어떤 사람을 사
랑하려고 애쓴다 해도, 그 사람이 불가피하게 잘못된 말이나
그릇된 행동을 할 수도 있고 우리의 기대를 충족시키지 못할
수도 있으니까요. 그러면 우리는 화를 내며 사랑에 조건과 제

약을 겁니다.

"내 사랑을 받으려면 당신이 먼저 변해야 해요. 내가 원하는 방식으로 행동해 줘요."

어떤 이들은 삶을 함께하는 사람들보다 애완동물을 사랑하는 일에 더 익숙합니다. 하지만 애완동물에게도 마찬가지로 무조건적인 사랑을 주는 일은 쉽지만은 않습니다. 애완견이 한밤중에 아무런 이유도 없이 시끄럽게 짖어서 잠을 깨우거나, 당신이 소중하게 여기는 카펫에 볼일을 봐서 더럽혀 놓는다면 어떨까요? 그래도 여전히 애완견을 조건 없이 사랑할수 있나요? 우리 아이들은 토끼를 한 마리 키웁니다. 그 토끼가 아름다운 문양이 새겨진 제 목제 방문에 흠집을 냈을 때, 그 녀석을 사랑하기란 정말 힘들었지요!

하지만 식물은 그 모습 그대로 사랑하기가 상대적으로 쉽습니다. 그렇기에 식물을 기르는 일은 우리에게 무조건적인 사랑을 연습할 수 있는 좋은 기회를 제공하지요. 충만한 삶을 위해서는 무조건적 사랑이 필요한 이유가 뭘까요? 사랑에는 변화를 가져오는 강력한 힘이 깃들어 있기 때문입니다. 또한 베푸는 사람이나 받는 사람 모두에게 평온한 감정을 가져다주지요.

실내용이든 실외용이든, 매일 당신이 돌볼 식물을 하나 선택해 보세요. 마치 당신의 자식인 양 돌보고 사랑하는 법을 연습하세요. 사실 아기보다는 식물을 돌보는 편이 훨씬 쉽지요. 잠 못 자는 밤도 없을 것이고, 기저귀를 갈아 주지 않아도 되며, 떼를 쓰거나 울지도 않으니까요.

식물에게 말을 걸고, 얼마나 사랑하는지 말해 주세요. 꽃을 피우는 식물이든 아니든, 식물이 잘 자라든 죽어가든, 그 식물에게 무조건적인 사랑을 베푸세요. 그러면 어떤 감정이 생겨나는지 알게 될 겁니다. 이런 사랑을 베풀 때는 불안하거나 화가 나거나 서둘러야 한다는 느낌이 들지 않습니다. 그저 사랑만이 가득한 공간에 머물 수 있는 거죠. 당신의 식물에게 이런 사랑을 적어도 하루에 한 번씩 실천해 보세요.

얼마 지나지 않아 당신은 그 사랑과 친절을 식물을 넘어 주변 사람들에게 펼칠 수 있을 겁니다. 사랑을 베푼다는 것이 얼마나 좋은 느낌을 주는지 확인했다면, 그 사랑을 당신의 삶에 함께하는 이들에게도 베풀어 보세요. 그들이 변하려고 노력하거나 달라지지 않는다 해도 사랑하는 연습을 해 보세요. 있는 모습 그대로 그들을 사랑하세요. 식물은 사랑의 힘이 얼마나 강력한지 당신에게 알려 주는 좋은 선생님이 되어 줄 겁니다.

85.
인생의 문제들과
좋은 관계를 맺어요

Transform Your Relationship to Your Problems

장애물과 문제 또한 우리 삶의 일부분입니다. 진정한 행복은 문제가 완전히 사라져야만 오는 게 아니죠. 문제를 보는 시각을 바꿀 때, 즉 뭔가 배울 수 있고 인내를 연습할 수 있는 기회로서 문제를 바라볼 때 우리는 진정한 행복을 얻을 수 있습니다. 이것이 충만한 삶을 위한 가장 기본적인 원리인지도 모릅니다. 마음을 여는 훈련을 하는 데 문제만큼 좋은 도구는 없는 셈이지요.

당연히 꼭 해결되어야 하는 문제들도 물론 있습니다. 하지만 대개의 문제들은 사실 우리 스스로가 삶을 지금과는 다른 모습으로 만들기 위해 고군분투하다가 만들어 낸 것입니다.

피할 수 없는 삶의 두 가지 상대적인 요소들을 이해하고 받아들여야 마음의 평화를 얻을 수 있죠. 고통과 즐거움, 성공과 실패, 기쁨과 슬픔, 출생과 사망 같은 것들 말입니다. 문제는 우리가 좀 더 품위 있고, 겸손하고, 인내심 있는 사람이 될 수 있게 합니다.

불교에서 문제란 우리의 성장과 평화에 너무나 중요한 역할을 한다고 보기에, 티베트의 구도자들은 실제 이렇게 기도를 합니다.

"삶을 사는 동안 마음이 진정 깨어 있도록, 그리고 자유로움과 만물에 대한 연민의 마음을 가질 수 있도록 제게 적절한 어려움과 고난을 주십시오."

사실 삶이 너무 쉽게 흘러갈 때는 진정한 성장을 위한 기회를 갖기가 어렵습니다. 그렇다고 당신이 애써 문제점을 찾아다녀야 한다고 말하지는 않겠습니다만, 이것만은 제안하고 싶군요. 인생의 문제들로부터 도망가려고 애쓰거나 제거하려고 애쓰는 대신, 그 문제들이 삶에 있을 수밖에 없고, 존재 자체가 자연스러운 것이며, 또 인생의 중요한 일부라는 사실을 받아들이세요. 그러면 당신의 삶은 전쟁이 아니라 춤으로 바뀔 겁니다. 이러한 받아들임의 철학이야말로 자연스러운 흐름을 따르는 삶의 뿌리가 되어 줄 것입니다.

86.

방어보다는 이해에
더 신경 써 봐요

The Next Time You Find Yourself in an Argument,
Rather than Defend Your Position,
See if You Can See the Other Point of View First

누군가와 의견 불일치가 발생할 때, 그 사람도 당신 못지
않게 자신의 입장에 확신을 가지고 있을 거란 사실은 참으로
흥미롭습니다. 하지만 우리는 늘 자신의 입장을 고집하죠.
마치 자존심을 세우느라 새로운 뭔가를 배우려 하지 않는 것
과 같습니다. 이로 인해 불필요한 스트레스가 유발되기도 하
지요.

다른 사람의 의견을 먼저 살피는 이 전략을 처음으로 시도
했을 때 저는 정말 놀라운 사실을 발견할 수 있었습니다. 그렇
게 해도 전혀 상처를 입지 않았다는 것이죠! 오히려 저와 의견
을 달리하는 상대에게 좀 더 가까이 다가가는 계기를 마련할

수 있었습니다.

한 친구가 당신에게 이렇게 말했다고 가정해 봅시다.

"진보주의자(또는 보수주의자)들이 우리 사회에 일어나는 모든 문제의 원인이야."

이럴 때 자동반사적으로 반대 입장을 옹호하려고 하는 대신, 뭔가 새로운 사실을 배울 수 있을지 살펴보세요. 친구에게 이렇게 답하는 겁니다.

"왜 그렇게 생각하는지 이유를 알려 줘."

이 말을 자신의 입장을 옹호하거나 입증하려는 의도로 하지 말고, 단순히 새로운 견해에 대해 배우겠다는 생각으로 건네야 합니다. 친구의 생각을 바꾸려 들거나 잘못된 점을 고치려 들지 말고, 그가 자신이 옳다고 생각하며 만족해하도록 그냥 두세요. 그저 상대의 말을 잘 들어 주는 훈련을 하는 중이라고 여기면서요.

흔한 생각과는 달리, 이런 태도를 취한다고 당신이 약한 사람이 되지는 않습니다. 그렇다고 자신의 신념을 열정적으로 지키는 일을 포기하는 것도 아니고, 당신이 틀렸음을 인정하는 것도 아닙니다. 그저 당신과 다른 의견을 들어 보는 것뿐입니다. 그 입장을 먼저 이해해 보려고 시도하는 것이죠. 자신의 입장을 계속 고집하고 옹호하는 데는 엄청난 에너지가 소모

됩니다. 반대로 상대가 옳도록 그냥 놔두는 데는 아무런 에너지도 필요하지 않죠. 오히려 에너지를 얻을 수 있습니다.

부수적인 효과도 있습니다. 아마 상대방도 당신의 견해에 대해서도 듣고 싶어 할 수 있다는 겁니다. 꼭 그리리라고 장담할 수는 없다 해도, 한 가지만은 확실하지요. 바로 당신이 상대방의 의견을 듣지 않으면, 상대방도 당신의 의견을 들으려고 하지 않을 거라는 사실 말입니다. 먼저 손을 내밀고 상대방의 의견을 들어 줄 때 서로를 향한 벽이 점점 높아지는 일을 방지할 수 있습니다.

87.
성취의 의미를
정의해 보세요

Redefine a "Meaningful Accomplishment"

때로 우리는 소위 '성취'에 쉽게 빠져들곤 합니다. 평생 성취를 추구하고, 사람들의 인정과 칭찬을 갈구하며, 인정받기를 원하죠. 그에 대한 집착이 너무 커지면 삶의 진정한 의미가 무엇인지 잊어버릴 정도가 됩니다.

주변 사람들에게 "의미 있는 성취란 어떤 것일까요?" 하고 묻는다면, 대개는 다음과 같은 전형적인 대답이 돌아올 겁니다.

"오랜 목표를 이루는 거죠."

"돈을 많이 버는 게 최고예요."

"경기에서 이기는 겁니다."

100년 뒤 우리는 이 세상에 없어요

"승진이요."

"내 분야에서 최고가 되는 겁니다."

"사람들에게 인정받는 거지요."

이러한 답들은 대부분 삶의 외적인 것들, 즉 우리의 외부에서 일어나는 일입니다. 물론 이런 성취를 추구한다고 잘못은 아닙니다. 우리의 환경을 더 낫게 만들려는 거니까요. 하지만 행복과 내면의 평화가 당신의 가장 중요한 목적이라면, 위와 같은 성취들이 그 목적에 부합한다고 보긴 어렵습니다.

신문에 당신의 사진이 실리는 건 멋진 일일 수도 있지만, 역경을 견디고 삶의 중심을 잃지 않는 법을 배우는 일만큼 큰 의미를 가지지는 않지요. 그럼에도 사람들은 신문에 사진이 실리는 건 훌륭한 성취로 여기면서도, 삶의 중심을 잃지 않기에 대해서는 '성취'에 해당한다고 생각하지 않습니다. 그럼 우리는 대체 어디에 삶의 우선순위를 두고 있는 걸까요?

제가 이룬 가장 의미 있는 성취는 저의 내면에 존재합니다. 나 자신과 다른 사람에게 친절했는가? 어떤 문제가 발생했을 때 민감하게 반응했는가 아니면 차분하게 대응했는가? 나는 과연 행복한가? 화가 났을 때 거기에 계속 매여 있는가 아니면 흘려버릴 줄 아는가? 너무 고집을 부리지는 않았는가? 타인의 잘못을 대담하게 용서했는가? 이런 질문을 하면서 우리는 비로소 기억하게 됩니다. 진정으로 한 사람의 성취를 확인할 수 있는 척도는 '어떤 일을 했는가'가 아니라 '어떤 사람이 되었는가'라는 점 말이지요.

외적인 성취를 이루는 데 사로잡혀 있기보다는, 진정 중요한 목적이 무엇인지에 초점을 맞추세요. 의미 있는 성취란 무엇인지 올바르게 정의할 수 있을 때, 올바른 삶의 방향 또한 잡을 수 있을 겁니다.

88.
마음의 소리에
귀를 기울여요

Listen to Your Feelings
(They Are Trying to Tell You Something)

당신에게는 인생 항로를 올바르게 잡아 주는, 절대로 오류가 나지 않는 안내 시스템이 있습니다. 당신의 감정으로 구성된 이 시스템은 당신이 올바른 경로를 벗어나서 불행과 갈등쪽으로 향하고 있는지, 아니면 마음의 평화를 향해 올바른 방향으로 진행하고 있는지 알려 줍니다. 이처럼 당신의 감정들은 자신의 내면이 어떤 상태인지를 알려 주는 하나의 지표로기능하지요.

자신에게 일어나는 일들을 너무 심각하게 받아들이거나고민에 깊이 빠져 있지 않을 때, 당신의 감정은 아마 긍정적일것입니다. 그런 기분은 자신이 스스로에게 도움이 되는 방향으로 향하고 있으며, 올바른 생각을 하고 있다는 사실을 확인시켜 주지요. 이럴 때는 생각의 방식을 바꿀 필요가 없습니다.

하지만 유쾌하지 않은 감정이 생길 때, 분노, 원망, 우울, 스트레스, 좌절 등의 부정적인 기분이 느껴질 때는 당신의 경고 시스템에 빨간불이 들어옵니다. 올바른 경로를 벗어났고, 마음을 좀 편안하게 가져야 하며, 올바른 시각을 갖고 있지 못하다는 사실을 말해 주는 것이죠. 이때는 마음의 조정이 반드시 필요합니다. 마치 자동차 계기판에 경고등이 깜빡이는 상태와 마찬가지인 겁니다.

흔한 생각과는 달리, 자신의 부정적 감정을 굳이 연구하거나 분석할 필요는 없습니다. 그러다 자칫 더 심한 부정적 감정과 직면할 수 있으니까요. 다음에 기분이 나빠질 때는, 그 이유를 분석하려다가 오히려 자기 마비에 빠지지 말고, 다시 평온한 상태로 돌아갈 수 있도록 노력해 보세요.

기분이 나빠도 그렇지 않은 척하라는 말이 아닙니다. 단지 당신이 슬프거나, 화가 나거나, 스트레스를 받거나, 어떤 안 좋은 기분을 느끼고 있다면, 삶을 너무 심각하게 받아들이고 있기 때문이라는 사실을 깨달아야 한다는 뜻입니다. 당신이 지금 '사소한 것에 목숨을 걸고 있는 중'이란 얘기지요. 소매를 걷어붙이고 인생과 맞서는 대신, 한발 물러서서 심호흡과 함께 여유를 가져 보세요. 그리고 잊지 마세요. 당신이 굳이 그렇게 만들지만 않는다면, 당신의 삶은 결코 비상사태가 아니라는 사실을 말입니다.

89.
누군가 던진 공을
꼭 받지 않아도 좋아요

If Someone Throws You the Ball,
You Don't Have to Catch It

제 가장 친한 친구가 가르쳐 준 값진 교훈입니다. 그는 종종 우리가 내면을 다스리는 데 어려움을 겪는 이유가 타인의 문제를 덥석 내 것으로 받아들이려는 성향에서 비롯된다고 했죠. 즉, 누군가가 당신에게 문제를 던지면, 당신은 반드시 그걸 받아서 대답을 해 줘야 한다고 생각하기 때문이라는 겁니다.

예를 들어, 당신이 정말 너무 바쁠 때 한 친구가 전화를 걸어서 흥분한 어조로 이렇게 말했다고 칩시다.

"어머니 때문에 미치겠어. 도대체 어떻게 해야 하지?"

그러면 당신은 "저런, 뭐라 말해야 할지 모르겠군" 하고 말

100년 뒤 우리는 이 세상에 없어요

하는 대신 자동적으로 그 공을 받아서 문제를 해결해 주려고 애쓰지요. 그러다가 나중에는 자신의 일이 친구의 고민 상담 때문에 늦어졌다는 사실 때문에 스트레스를 받고, 친구를 향한 원망의 마음이 생깁니다. 사람들이 죄다 문제가 발생하면 당신만 찾는 것만 같아서 화도 나죠. 타인의 삶이라는 드라마에 개입한 게 자신의 자발적인 결정이었다는 건 잊어버린 채 말입니다.

누군가 자신에게 공을 던진다고 그 공을 다 받을 필요는 없다는 점을 기억하는 것은 우리 삶에서 스트레스를 줄이는 매우 효과적인 방법이지요. 친구가 당신에게 전화를 걸어 와 고민을 털어놓는다면, 그 공을 그냥 바닥에 떨어지게 두면 됩니다. 친구가 당신을 자신의 문제에 끌어들이려고 해도, 거기에 꼭 끌려 들어갈 필요는 없다는 말입니다. 당신이 그 미끼를 물지 않으면, 그 친구는 다른 사람을 찾을 것입니다.

누군가가 던지는 공을 절대 받지 말아야 한다는 뜻이 아닙니다. 단지 당신이 받고 싶을 때만 그 공을 받으라는 것이죠. 또한 당신이 친구를 걱정하지 않는다거나, 무신경한 사람이라거나, 친구에게 도움이 안 되는 사람이라는 뜻도 아닙니다. 좀 더 평온한 삶을 위해 우리는 자신의 한계를 알아야 하고, 자신의 일에 책임질 줄 알아야 한다는 것이죠.

하루 종일 우리를 향해 수많은 공이 던져집니다. 직장, 자녀, 친구, 이웃, 심지어 완전히 낯선 사람들조차 우리에게 공을 던지죠. 만약 저를 향해 날아오는 그 공들을 다 받는다면 전 확실히 미쳐 버리고 말 겁니다. 그리고 당신도 저와 마찬가지일 테지요. 핵심은 이겁니다. 남에게 이용당한다는 느낌, 남에 대한 원망, 혹은 무기력한 기분에 휩싸이지 않으려면, 언제 공을 받아야 할지를 알아야 한다는 거죠.

눈코 뜰 새 없이 바쁜 상황에서는 심지어 전화를 받는 일처럼 매우 사소한 것조차 부담스럽게 느껴질 수 있습니다. 전화를 통한 상대방과의 대화에 참여할 시간과 에너지, 열의가 없다면 그 전화에 응답하지 않아도 좋다는 겁니다. 단지 전화를 받지 않는 것만으로도 자기 마음의 평화를 책임질 수 있는 거죠.

이 전략은 모욕이나 비난을 당할 때도 적용할 수 있습니다. 누군가가 당신에게 어떤 생각이나 의견을 제시할 때, 그것을 정면으로 받고 상처를 입는 대신 그 공을 그냥 바닥에 떨어지도록 내버려 두고 자신의 길을 그냥 걸어도 되는 겁니다.

'누군가 내게 공을 던졌다는 이유만으로 그 공을 받아야 하는 것은 아니다.' 이 전략을 꼭 실험해 보길 권합니다. 어쩌면 당신이 자신에게 던져진 공을 생각보다 훨씬 더 많이 받아 왔다는 점을 확인하게 될지도 모르니까요.

90.

모든 것은 지나가리라는 점을 받아들여요

One More Passing Show

이건 최근에 제가 제 인생에 적용하기 시작한 전략입니다. 좋은 일과 안 좋은 일, 즐거움과 고통, 인정과 실망, 성취와 실패, 명예와 수치 등 세상의 모든 것은 결국 왔다가 지나간다는 진리를 깨닫는 거죠. 모든 것에는 시작이 있고 끝이 있습니다. 그리고 이것이 세상의 자연스러운 이치입니다.

당신이 전에 경험한 모든 것들은 이젠 끝났습니다. 당신의 모든 생각도 시작됐다가 끝났죠. 당신이 느꼈던 모든 감정과 기분도 지금은 다른 것으로 바뀌었습니다. 당신은 행복했고, 슬펐고, 질투를 느끼기도 했고, 우울했고, 화가 났으며, 사랑하기도 했고, 수치심을 느꼈다가 자랑스러움을 느끼기도 했습니다. 인간이 느낄 수 있는 모든 감정을 경험해 봤죠.

그런데 그 감정은 지금 어디로 갔나요? 정답은, 아무도 모른다는 것입니다. 우리가 아는 건 단지 모든 것은 사라지고, 아무것도 남지 않는다는 것뿐입니다. 이 진리를 당신의 삶에 받아들일 때 비로소 진정 자유로운 모험이 시작될 수 있습니다.

우리는 다음의 두 가지 상황 앞에서 실망하게 됩니다. 기쁨을 누릴 때면 우리는 그 기쁨이 영원하기를 원합니다. 하지만 결코 그렇게 되진 않죠. 또 고통을 겪을 때면 그 고통이 당장 사라지길 바랍니다. 하지만 대개 고통이란 건 바로 사라지지 않습니다. 불행이란 대개 우리의 경험이 자연스럽게 흘러가게 놔두지 않고 거스르려고 노력할 때 발생하는 결과지요.

인생이란 한 가지 일이 일어난 다음 또 다른 일이 일어나는 것이라는 사실을 인식하고 자신의 삶에 받아들여야 합니다. 지금 이 순간 뒤에 또 다른 순간이 이어집니다. 어떤 경험을 하면서 그 행복을 즐기는 것은 멋진 일이지만, 결국 그것은 다른 것으로 대체될 것이고, 또 다른 순간이 찾아오게 될 겁니다.

당신이 이런 변화를 받아들인다면, 다른 감정을 느끼게 되는 순간이 오더라도 여전히 마음의 평화를 유지할 수 있습니다. 그리고 만약 고통이나 불행을 경험하고 있다면, 그 역시 지나갈 거라는 점을 기억하세요. 그럼으로써 역경 속에서도 올바른 관점을 유지할 수 있습니다. 쉽지는 않겠지만 분명 도움이 되어 줄 삶의 태도지요.

91.
인생을
사랑으로 채우세요

Fill Your Life with Love

저는 이제까지 자신의 인생이 사랑으로 가득하기를 원치 않는 사람은 한 명도 보지 못했습니다. 그런데 삶이 사랑으로 채워지기를 원한다면 그 노력은 우리의 내면에서부터 먼저 시작되어야 하지요. 우리가 원하는 사랑을 다른 사람들이 채워 주기를 기다리는 대신, 우리가 먼저 사랑을 보여 주고 사랑의 원천이 되어야 합니다. 자신이 먼저 사랑이 담긴 친절을 실천할 때 다른 사람들이 따라오게끔 만드는 본보기가 되는 겁니다.

'두 지점 사이의 거리가 가장 가까워지는 건 둘의 의도에 달려 있다'는 말이 있습니다. 사랑이 충만한 삶에 관한 한, 이

100년 뒤 우리는 이 세상에 없어요

말은 분명한 진리지요. 사랑이 충만한 삶이란, 자신이 먼저 사랑의 원천이 되고자 하는 소망과 헌신이 있어야 시작되니까요. 우리의 태도와 선택, 친절한 행동, 먼저 손을 내밀려는 의지가 우리를 사랑이 충만한 삶이라는 목표를 향해 이끌어 주는 겁니다.

자신의 삶에 사랑이 부족하다는 느낌이 들거나 이 세상에 사랑이 메말랐다는 생각 때문에 좌절하게 된다면, 이 방법을 한번 시도해 보기 바랍니다. 세상 다른 사람들은 잠시 잊으세요. 대신 자신의 마음을 들여다보는 겁니다. 당신이 더 큰 사랑을 주는 사람이 될 수 있나요? 당신 자신과 다른 사람들을 더 사랑하는 마음을 가질 수 있나요? 그리고 그 마음을 더 넓은 세상을 향해 확장시킬 수 있나요? 심지어 흔히 사랑받을 가치가 전혀 없다고 생각되는 사람들에게도 말이죠.

더 큰 사랑이 가능하다는 생각을 가지고, 사랑받는 존재가 되기보다 자신이 먼저 사랑을 베푸는 원천이 되는 걸 최우선으로 삼을 때, 당신은 사랑이 충만한 삶을 누릴 수 있는 중대한 한 걸음을 비로소 뗄 수 있습니다. 그리고 그 순간, 더 많은 사랑을 줄수록 더 많은 사랑을 받게 된다는 진리를 발견하게 될 겁니다.

사랑을 더 많이 베푸는 사람이 되는 건 당신이 할 수 있는 일입니다. 하지만 다른 이들의 사랑을 받는 건 당신이 통제할 수 없는 일이지요. 당신이 어쩔 수 없는 일보다 할 수 있는 일, 즉 사랑을 베푸는 일에 더 집중한다면, 세상에서 가장 위대한 비밀이 모습을 드러낼 겁니다. 사랑을 베푸는 그 자체가 자기 자신에게 보상이 된다는 사실 말입니다.

92.
생각이 가진 힘을
깨달아요

Realize the Power of Your Own Thoughts

만약 정신의 역학 구조에 대해 당신이 꼭 알아야 할 한 가지가 있다면, 그것은 생각과 감정이 연결되어 있다는 사실입니다.

당신이 끊임없이 생각하는 존재라는 점을 인식하는 게 중요합니다. "당연한 거 아냐?" 하고 흘려 넘겨서는 안 됩니다! 잠깐만, 당신이 숨 쉬고 있다는 점을 생각해 보세요. 이 문장을 읽기 전에는, 자신이 호흡하고 있다는 사실을 당신은 인식하지 못했을 겁니다. 사실, 호흡을 할 수 없는 순간이 찾아오기 전까지 당신은 자신이 숨 쉬고 있다는 사실을 너무도 쉽게 잊고 살지요.

생각도 이와 똑같은 방식으로 작동합니다. 당신은 늘 생각하고 있기 때문에 그 사실에 대해 잊고 살기 쉽지요. 당신의 머릿속에는 언제나 여러 가지 생각이 떠오르고 있지만, 단지 당신이 인식하지 못할 뿐인 겁니다.

그런데 호흡과는 달리, 자신이 항상 생각하고 있다는 사실을 잊게 되면 삶에 심각한 문제가 생길 수 있습니다. 바로 불행과 분노, 내면의 갈등과 스트레스가 발생하는 것이죠. 그건 당신의 생각이 당신에게 어떤 감정을 일으키기 때문입니다. 생각과 감정은 늘 함께 가니까요.

자신을 화나게 만드는 생각을 하지 않으면서 화를 내 보려고 해 보세요. 이제는 스트레스를 유발하는 생각을 전혀 떠올리지 않으면서 스트레스를 느껴 보세요. 혹은 슬픈 생각을 하지 않은 채 슬퍼지려고 시도하거나, 질투가 나게끔 하는 생각 없이 질투심을 느껴 보세요. 그럴 수가 없을 겁니다. 말 그대로 불가능하기 때문이죠! 어떤 감정을 느끼기 위해서는, 반드시 그 감정을 유발하는 생각을 먼저 해야만 합니다.

불행이라는 감정은 그 자체로는 존재하지 않으며, 존재할 수 없습니다. 불행은 당신이 자신의 삶에 대해 부정적인 생각을 할 때 느껴지는 감정입니다. 생각이 없다면 불행, 스트레스, 질투심은 존재할 수 없죠. 당신의 부정적인 감정을 다루는

100년 뒤 우리는 이 세상에 없어요

일은 오직 당신이 '어떻게 생각하느냐'에 달려 있는 겁니다.

다음번에 화가 치솟을 때는 자신의 생각을 살펴보세요. 분명 부정적인 생각이 머릿속에 가득할 겁니다. 그렇다면 당신의 생각이 부정적일 뿐, 당신의 삶이 부정적인 건 아니라는 사실을 스스로에게 일깨워 주세요.

이 단순한 깨달음이 당신을 행복의 길로 돌아오게 만드는 첫걸음이 될 겁니다. 연습이 필요하겠지만, 어느 순간 당신은 부정적인 생각들을 마치 소풍 도시락에 날아드는 파리 정도로 취급하는 경지에 오르게 되겠지요. 그럼 손을 휘휘 저어 간단히 쫓아 버린 후, 당신의 멋진 하루를 계속 만들어 가면 됩니다.

93.
많을수록 행복하다는
생각을 버려요

Give Up on the Idea that "More Is Better"

우리는 인류 역사상 과거의 누구도 경험해 보지 못한 풍족함 속에 살아가고 있습니다. 미국의 인구는 대략 세계 인구의 6% 정도에 불과하지만, 미국인들이 소비하는 세계의 천연자원은 거의 절반에 육박한다는 통계가 있죠. '더 많이 가질수록 더 행복하다'고 생각한다면, 우리는 그 어느 시대보다도 더 큰 행복과 만족을 누리는 것처럼 보입니다. 하지만 사실은 그렇지 않죠. 근처에도 미치지 못했습니다. 오히려 우리는 역사상 가장 불만족스러운 시대를 살고 있는 중입니다.

많이 소유한다는 것이, 또는 많이 소유하는 삶 자체가 나쁘거나 잘못이라거나 해롭다는 건 아닙니다. 단지 더욱더 많

100년 뒤 우리는 이 세상에 없어요

이 갖고 싶은 욕망이란 만족할 줄 모른다는 게 문제라는 것이죠. 더 많이 가질수록 더 행복할 거라고 생각하는 한, 당신은 결코 만족하지 못할 겁니다.

뭔가를 갖게 되었거나 어떤 일을 성취했을 때, 우리는 대개 바로 다음 단계에 대해 생각하지요. 이전 단계가 끝나자마자 말입니다! 바로 이러한 성향이 우리에게서 삶과 여러 축복에 대해 고마워하는 마음을 빼앗아 버립니다.

예를 들면, 제가 아는 한 사람이 멋진 곳에 위치한 아름다운 집을 샀습니다. 하지만 그가 행복을 느낀 시간은 새집으로 이사하기 바로 전날까지만이었죠. 이사가 끝나자마자 그가 느꼈던 만족감은 사라져 버렸습니다. 그 즉시 그는 더 크고 더 아름다운 집을 사고 싶어졌죠. '더 많이 가질수록 더 행복하다'는 생각이 새집을 단 하루도 즐길 수 없도록 만든 것입니다.

슬프지만 제 지인만의 특별한 이야기가 아닙니다. 정도의 차이는 있어도, 우리 모두 비슷하죠. 심지어 달라이 라마가 1989년에 노벨 평화상을 수상했을 때, 기자들이 가장 먼저 던진 질문은 "다음에는 어떤 일을 하실 건가요?"였다고 합니다. 집을 사든, 차를 사든, 식사를 하든, 배우자를 찾든, 새 옷을 사든, 심지어 상을 수상했을 때조차 사람들은 만족하지 못합니다.

어디에나 만연한 이 경향을 극복하는 방법은, 더 많이 갖는다고 더 행복해지지 않는다는 점을 자신에게 확신시키는 겁니다. 당신이 갖지 못한 게 아니라 더 많은 것을 원하는 게 문제라는 점을 깨달아야 하는 거죠.

만족하는 법을 배운다는 건 더 많이 가질 수 없다거나, 가져서는 안 된다거나, 애초에 더 많이 갖고 싶은 마음을 버려야 한다는 의미가 아닙니다. 단지 당신의 행복이 더 많이 소유하는 것에 좌우되면 안 된다는 뜻이죠.

이미 당신이 가진 축복을 감사하는 마음을 개발해 보세요. 마치 처음 접하는 것처럼 자신의 삶을 새롭게 바라보세요. 그러면 새로운 소유물, 새로운 성취가 자신의 삶에서 점점 늘어나는 모습이 보이게 될 겁니다. 더불어 그에 대한 고마운 마음도 점점 깊어질 테고요.

행복의 척도는 소유와 바람을 구별하는 데 있습니다. 당신은 늘 더 많은 것을 원하며 평생 행복을 쫓아다니기만 하면서 살아가게 될 수도 있어요. 그런 삶을 살고 싶지 않다면, 뭔가를 소유하려는 마음을 의식적으로 줄여 나가야 합니다. 그런 삶이 비교할 수 없을 정도로 더 쉽고 더 만족스러우리라는 점은 더 말할 필요도 없겠지요.

94.
정말 중요한 게 뭔지
매일 질문하세요

Keep Asking Yourself,
"What's Really Important?"

우리는 삶이 주는 혼란과 책임감, 목표에 짓눌린 채 인생의 방향을 쉽게 잃어버리곤 합니다. 그런 좌절을 맞이하면 진정 소중한 것들을 잊거나 뒷전으로 미루고 싶은 마음이 들지요. 그럴 때 이 질문을 스스로에게 던지는 게 큰 도움이 된다는 걸 저는 깨달았습니다.

"정말 중요한 게 뭐지?"

제 아침 루틴 중의 하나는 이 질문을 자신에게 던지는 겁니다. 단 몇 초의 시간이면 충분하죠. 가장 중요한 것이 무엇인지를 계속 자기 자신에게 상기시킴으로써 삶의 우선순위를 올바로 유지할 수 있습니다. 수많은 책임과 할 일 가운데 내가 무엇을 가장 중요하게 생각하는지, 무엇에 에너지를 가장 많이 쏟아야 하는지를 일깨워 주지요. 제 경우, 그건 바로 아내와 아이들과 함께 시간을 보내기, 내면의 평화, 그리고 글쓰기입니다.

표면적으로 이 전략은 너무나 단순해 보이지만, 그 속에는 삶이 올바른 궤도로 계속 나아갈 수 있게 만드는 놀라운 효과가 있습니다. 삶에서 무엇이 가장 중요한지 생각해 보는 시간을 가지면서, 저는 현재를 중시하고, 서두르려는 마음을 억누르며, 내가 반드시 옳아야 한다는 생각을 내려놓습니다. 반면 정말 중요한 것이 무엇인지 상기시키는 일을 잊었을 때는, 올바른 우선순위를 지키지 못하고 일에만 파묻히게 되죠. 급하게 일터를 향해 문을 나서고, 밤늦게까지 일하고, 삶의 목표와 충돌하며 살고 있는 저를 발견합니다.

만약 당신이 잠시만 시간을 내어 정말 중요한 게 무엇인지 확인하는 시간을 정기적으로 갖는다면, 자신이 정한 삶의 목표와 반대되는 선택을 하고 있는 자신을 마주하게 될지도 모릅니다. 이 전략은 당신의 목표와 당신의 행동이 일치될 수 있도록, 그리하여 좀 더 의식적인 결정을 내릴 수 있도록 도와줄 겁니다.

95.
자신의 직감을
믿어요

Trust Your Intuitive Heart

일이 다 끝난 뒤에 "그렇게 하지 말고 이렇게 해야 했는데…"라며 후회하는 경우가 자주 있지 않나요? 어떤 직감이 들었지만 그걸 그냥 무시해 버린 적이 있나요?

직감을 믿는다는 것은, 당신이 무엇을 해야 하는지, 어떤 행동을 취해야 하는지, 삶에 어떤 변화를 가져와야 하는지를 자신의 직감이 가장 잘 알고 있다고 믿으면서 직감에 귀를 기울인다는 의미입니다. 사람들은 어떤 일에 대해 충분한 심사숙고를 거치지 않고 떠오르는 직관적인 생각을 받아들이길 두려워하죠. 또 올바른 답이란 반드시 명백하고 확실해야 한다고 여기면서 직감을 선뜻 따르려 하지 않습니다.

우리는 스스로에게 이렇게 말합니다. "그 방법이 옳을 리가 없어." "나는 아마 그럴 수가 없을 거야." 그리고는 자신의 직감은 덮어둔 채 그 상황을 따져 보기 시작합니다. 그렇게 우리의 한계를 정하면 그 한계가 곧 현실이 되고 말지요.

당신이 만일 직감이 주는 답은 틀릴 거라는 두려움을 극복하고 직감을 신뢰하는 법을 배운다면, 삶은 모험의 마법을 부릴 겁니다. 원래 우리 삶의 본질이 그렇습니다. 따라서 직감을 신뢰한다는 건 마치 즐거움과 지혜를 가로막는 장애물을 제거하는 것이나 마찬가지죠. 당신의 눈을 뜨게 하고 당신의 마음을 놀라운 지혜와 품위로 이끌 겁니다.

직감을 믿는 데 익숙하지 않다면, 머릿속을 맑게 한 뒤 시간을 따로 마련해 보세요. 그런 다음 습관적으로 떠오르는 부정적인 생각들을 무시하고 쫓아 버리세요. 온 마음을 오직 갓 떠오르기 시작하는 고요한 아이디어에만 집중하는 겁니다. 그중 뭔가 눈에 띄는 생각이 있다면 그걸 적어 두고 행동으로 옮기세요.

예를 들어, 만일 사랑하는 누군가에게 연락해야겠다는 생각이 떠오른다면 그에 따르세요. 만약 인생의 속도를 좀 늦추고 자신만의 시간을 좀 더 가져야겠다는 직감이 든다면 그대로 실천하고요. 어떤 습관에 주의를 기울여야겠다는 생각이

100년 뒤 우리는 이 세상에 없어요

들면 그 습관에 어떤 문제가 있는지 잘 살펴보세요.

당신이 직감에 귀를 기울이고 떠오르는 생각을 실행에 옮기면, 긍정적이고 소중한 경험을 통해 충분한 보상을 받을 수 있을 겁니다. 당장 오늘부터 자신의 직감을 신뢰하기 시작해보세요. 당신의 삶에 새로운 세상이 열릴 겁니다.

96.
현재의 모습을
있는 그대로 인정해요

Be Open to "What Is"

어떤 철학에서든 등장하는 가장 기본적인 원칙 가운데 하나는, 인생이 특정한 방식으로 전개돼야 한다고 고집하는 대신 있는 모습 그대로를 인정해야 한다는 것입니다. 이 원칙이 중요한 이유는 우리가 겪는 내면의 갈등 대부분이, 자신의 삶이 지금과는 다르기를 바라는 마음, 그로 인해 삶을 통제하려는 마음에서 비롯되기 때문이죠.

하지만 우리 인생은 늘 원하는 대로 흘러가지는 않습니다. 어떨 때는 우리의 바람과는 반대로만 흘러가는 것처럼 보이기도 하지요. 현재 상황을 있는 그대로 받아들일수록 마음의 평화는 더 깊어집니다.

100년 뒤 우리는 이 세상에 없어요

삶의 모습이 어떠해야 한다고 미리 규정하면, 현재를 즐기거나 뭔가를 배울 기회를 놓치게 됩니다. 지금의 경험을 소중히 여기지 못하게 되며, 그로 인해 얻을 수 있었던 더 큰 깨달음 또한 사라지는 거죠.

아이가 불평하거나 배우자가 우리를 비난할 때 즉각 반응하기보다는, 현재 상황을 있는 그대로 받아들이려고 애써 보세요. 자녀나 배우자가 당신이 원하는 대로 행동하지 않아도 마음의 상처를 입을 필요가 없습니다. 혹 당신이 정성을 쏟아 온 프로젝트가 거절당해도 패배감에 빠지지 않아도 됩니다. 단지 "이런, 거절당했네. 다음번에 기회가 있겠지" 하고 말해 보세요. 크게 심호흡을 하고 상황에 부드럽게 반응하는 겁니다.

이렇게 마음을 열어 보세요. 불평, 실패, 불인정에 대해 아무렇지 않게 여기거나 억지로 즐거운 척하라는 말이 아닙니다. 삶이 당신의 계획대로 진행되지 않아도 그걸 초월해 담담하게 받아들이라는 것이죠. 일상 속의 문제에 대해서도 마음을 열어 보면, 그간 당신을 괴롭혀 왔던 걱정들이 금세 사라지는 걸 확인할 수 있을 겁니다. 그럼으로써 삶에 대한 당신의 시각 또한 더 깊어질 테고요.

당신을 괴롭히는 문제와 싸우려 들면 삶은 전쟁터로 변합니다. 자신이 마치 이리저리 치이는 탁구공 신세처럼 느껴지 겠죠. 하지만 매 순간을 있는 그대로 인정하고 받아들일 수 있 다면, 보다 평온해지는 자신을 발견할 수 있을 겁니다.

이 전략을 당신에게 찾아오는 사소한 과제들에 먼저 적용 해 보세요. 그러다 보면 점차 더 큰 문제들에도 확장시킬 수 있을 겁니다. 이것이야말로 제대로 인생을 사는 방법이지요.

97.
우선 자기 일에
신경 쓰세요

Mind Your Own Business

심리적 성향, 고민거리, 현실적인 삶의 문제들, 습관, 그리고 삶 자체가 가진 모순과 복잡성을 죄다 껴안고도 평온한 삶을 누린다는 건 정말 어려운 일입니다. 그런데 당신이 다른 사람들의 문제까지 해결하고 싶은 충동을 가졌다면, 보다 평온한 사람이 되기란 완전히 불가능해지지요.

당신은 얼마나 자주 이런 말들을 하나요?

"내가 그 사람이라면 그러지 않았을 거야."

"그가 그렇게 했다니 믿을 수가 없군."

"도대체 그녀는 무슨 생각을 하는 거지?"

자신이 통제할 수도 없고, 실질적인 도움이 되지도 못하며,

무엇보다 자기 일이 아닌 문제 때문에 좌절하고, 기분이 언짢아지고, 짜증 내고 걱정하는 일을 얼마나 자주 하고 있나요?

다른 사람들을 돕지 말라는 게 아닙니다. 도와야 할 때와 가만히 내버려 둬야 할 때를 구별하라는 겁니다. 예전의 저는 요청을 받지도 않았는데 먼저 나서서 다른 사람들의 문제를 해결해 주려 했죠. 하지만 그런 노력은 대개 아무런 결실도 가져다주지 못했고, 사람들은 고마워하기는커녕 오히려 저를 원망하기까지 했습니다.

남의 일에 지나치게 관여하려는 습관을 고친 후에 제 삶은 훨씬 단순해졌습니다. 그리고 이제는 저를 원하지 않는 곳에는 머무르지 않죠. 저를 진정 필요로 하는 곳, 제 도움을 바라는 사람들에게 집중합니다.

자기 일에만 신경 쓴다는 건, 남의 문제에 나서고 싶은 유혹을 피한다는 것 이상의 의미가 있지요. 남의 말을 엿듣거나, 타인을 험담하거나, 다른 사람을 분석하지 않는 것, 또 남의 생각을 군이 알려고 들지 않는 태도 또한 포함됩니다. 우리가 타인의 단점과 문제에 신경 쓰는 가장 큰 이유는, 어쩌면 우리 자신을 들여다보려고 하지 않기 때문일지 모릅니다.

당신의 일이 아닌 데 참견하려는 자신을 자제시켰다면, 물러날 줄 아는 지혜와 겸손을 실천한 자신을 칭찬해 주세요. 그 즉시 당신을 정말 필요로 하고 당신과 직접 연관된 것에 집중할 수 있는 엄청난 에너지를 더 얻게 될 겁니다.

98.
평범함 속에서
특별함을 찾아요

Look for the Extraordinary in the Ordinary

어떤 기자가 두 사람의 벽돌공과 나눈 대화에 대해 들은 적이 있습니다. 첫 번째 벽돌공에게 "지금 무슨 일을 하시나요?"라고 묻자, 그는 사실상 노예나 다름없이 산다며 불평했지요. 하루하루 벽돌 위에 또 벽돌이나 쌓으면서 허송세월하는데 임금도 적다면서요.

기자는 두 번째 벽돌공에게도 같은 질문을 던졌습니다. 그런데 이 사람의 대답은 완전히 달랐습니다. "나는 세상에서 가장 운이 좋은 사람입니다. 매우 아름다운 건축물을 짓는 데 한 부분을 담당하고 있지요. 이 단순한 벽돌들을 아주 정교하고 놀라운 걸작품으로 바꾸는 일을 하고 있습니다."

100년 뒤 우리는 이 세상에 없어요

두 사람의 말은 다 옳습니다. 우리는 인생을 자신이 보고 싶은 대로 바라보지요. 만약 추한 것들을 보려고 한다면 얼마든지 발견할 수 있습니다. 당신이 다른 사람들에 대해, 자신의 직업에 대해, 또 세상에 대해 문제를 찾으려고 한다면 얼마든지 찾을 수 있을 겁니다.

하지만 그 반대도 마찬가지죠. 당신이 만일 평범한 것들 속에서 특별함을 찾으려고 한다면, 자신을 특별함을 찾아낼 수 있는 사람으로 만들어 내게 됩니다. 두 번째 벽돌공은 평범한 벽돌 더미에서 아름다운 성당 건물을 찾아낼 수 있었지요.

당신은 과연 그걸 볼 수 있는 사람인가요? 이 세상에 존재하는 특별함을 찾아낼 수 있나요? 우주의 완벽한 운행과 자연의 비범한 아름다움, 우리 삶에 존재하는 놀라운 기적들을 볼 수 있나요?

이건 우리가 세상을 어떻게 바라보는가의 문제입니다. 이 세상에는 우리가 감사해야 할 것들, 감탄하지 않을 수 없는 것들이 너무나 많지요. 이 사실에 집중해 보세요. 그러면 작고 평범한 것들이 완전히 새로운 의미로 다가오게 될 겁니다.

99.
내면을
돌보는 시간을 가져요

Schedule Time for Your Inner Work

개인 금융 관리에 관한 한 널리 받아들여지는 보편 법칙이 하나 있습니다. 그 어떤 청구서를 갚는 일보다 자기 자신에게 투자하는 게 가장 중요하다는 겁니다. 즉 스스로를 채권자라고 여기는 것이죠. 이런 재무적 지혜의 근거는 다른 사람들의 돈을 다 지불할 때까지 자신을 위해 저축하지 않는다면, 결국에는 자신을 위한 돈이 남지 않는다는 겁니다. 하지만 먼저 자신을 위해 저축하면, 결국에는 그걸 기반으로 다른 사람들에게 지불할 돈을 마련할 수 있죠.

당신의 삶을 단련하는 데도 동일한 원리가 적용돼야 합니다. 만약 일상의 잡다한 일과 책임질 일을 다 끝낼 때까지 자신의 내면을 다듬는 일을 미룬다면, 결코 그 훈련을 할 수 없게 될 겁니다. 제가 장담하지요.

마치 자기 자신과 약속이라도 한 듯 날마다 약간의 시간을 할애해야만 자신만의 시간을 가질 수 있습니다. 예를 들면 아침에 한 시간 정도를 독서, 기도, 사색, 명상 등의 활동을 위한 시간으로 확보하는 겁니다. 그 시간을 어떻게 활용할지는 당신 마음입니다만, 일정을 정하고 반드시 지키는 게 중요하지요.

제 고객 중 한 명은 정기적으로 육아도우미를 불러 자신만의 시간을 가져 왔습니다. 1년쯤 지난 지금 그녀의 노력은 엄청난 보상으로 돌아왔지요. 자신이 가능하리라고 생각했던 이상으로 더 행복해졌다고 합니다. 그녀가 제게 말하더군요. 자신만의 시간을 갖는다는 걸 상상조차 하지 못했던 때가 있었다고요. 하지만 일단 그런 시간을 가져 보니, 이제는 자신만의 시간을 갖지 않는다는 걸 상상할 수 없게 됐다고 합니다. 만약 당신이 마음을 정하기만 한다면, 당신에게 필요한 시간을 찾을 수 있을 겁니다.

100.
오늘이 생의 마지막인 것처럼
살아요(정말 그럴지도 몰라요!)

Live This Day as if It Were Your Last, It Might Be!

당신은 언제 세상을 떠나게 될까요? 50년 후? 20년 후? 10년 후? 5년 후? 아니면 오늘? 지난번에 사람들에게 물어보니 아무도 대답하지 못하더군요. 저는 뉴스를 듣다가 종종 이런 생각을 합니다.

'퇴근길에 교통사고로 죽은 저 사람은 가족들에게 얼마나 사랑하는지를 표현했을까? 그는 인생을 잘 살았을까? 충분히 사랑하며 살았을까?'

한 가지 분명한 사실은 그의 '받은 편지함'에는 마치지 못한 할 일들이 여전히 쌓여 있을 거라는 점입니다.

사실 우리 중 누구도 자신이 얼마나 오래 살지 모릅니다.

100년 뒤 우리는 이 세상에 없어요

하지만 슬프게도, 마치 영원히 살기라도 할 것처럼 살아가고 있죠. 마음 깊은 곳에 진정 원하는 것들을 담아 두고 자꾸만 뒤로 미룹니다. 사랑하는 사람들에게 그들을 얼마나 소중히 여기는지 말하고, 혼자만의 시간을 갖고, 좋은 친구를 만나러 가고, 아름다운 곳을 찾아가고, 마라톤을 하고, 진심 어린 편지를 쓰고, 자녀와 함께 소풍을 가고, 명상을 배우고, 좀 더 남의 말을 잘 들어 주는 사람이 되는 것 등 우리가 마음 깊이 원하는 일들이 너무나 많죠.

그런데 우리는 정교하고 세련된 근거들을 그럴듯하게 꺼내 놓으면서 미루기를 정당화합니다. 그래 놓곤 별로 중요하지 않은 사소한 일에 시간과 에너지를 쏟아붓고 말죠. 중요한 일을 할 수 없는 이유를 찾아내고, 결국 그 이유는 그대로 우리의 한계가 되어 버립니다.

이 책을 마무리하면서 당신에게 이렇게 제안하고 싶네요. 바로 오늘이 이 세상에서 보내는 마지막 날인 것처럼 살라는 겁니다. 저는 이 제안이 매우 적절하다고 생각합니다. 무모하게 살라거나 책임감을 던져 버리라는 게 아니죠. 그저 삶이 진정 얼마나 소중한지를 당신에게 일깨워 주고 싶을 뿐입니다.

언젠가 제 친구 중 하나가 이렇게 말했습니다.

"인생은 심각하게 살기엔 너무 소중해."

10년이 지나고 나서야 저는 그의 말이 옳았음을 깨달을 수 있었죠. 저는 이 책이 지금까지 당신에게 도움이 되었기를, 그리고 앞으로도 당신에게 계속 도움이 되기를 소망합니다. 지금까지 말한 전략들 가운데 가장 기본을 잊지 말길 바랍니다.

사소한 것에 목숨 걸지 말아요.

당신의 행복과 평온을 진심으로 기원하며 책을 마칩니다.

스스로를 소중히 여기세요.

옮긴이 **우미정**

대학교에서 국어국문학을 전공했다. 책과 외국어를 좋아해서 졸업 후 외국계 기업에서 일했고, 출판사에서 해외 사업 관련 업무를 담당했다. 좋은 영미권 도서를 우리말로 옮겨 한국 독자들에게 전하는 일에 보람을 느끼며 번역가로 활동 중이다. 옮긴 책으로는 『일을 버려라』가 있다.

100년 뒤 우리는 이 세상에 없어요
그러니까, 사소한 일에 목숨 걸지 마세요

초판 1쇄 발행 2020년 7월 31일
초판 3쇄 발행 2023년 12월 30일

지은이	리처드 칼슨
옮긴이	우미정
펴낸이	서재필
책임편집	박우주

펴낸곳	마인드빌딩
출판신고	2018년 1월 11일 제395-2018-000009호
주소	서울특별시 마포구 월드컵북로 400(상암동) 5층 7호
전화 02)3153-1330 **이메일** mindbuilders@naver.com

한국어출판권 © 마인드빌딩, 2020
ISBN 979-11-90015-17-2 03840

이 도서의 국립중앙도서관 출판예정도서목록(CIP)은 서지정보유통지원시스템 홈페이지(http://seoji.nl.go.kr)와 국가자료공동목록시스템(http://www.nl.go.kr/kolisnet)에서 이용하실 수 있습니다. (CIP제어번호 : CIP2020028407)

마인드빌딩에서는 여러분의 투고 원고를 기다리고 있습니다. 출판하고 싶은 원고가 있는 분은 mindbuilders@naver.com으로 기획 의도와 간단한 개요를 연락처와 함께 보내주시기 바랍니다.